CORAÇÃO DE PAPEL

RICCARDO ZUCCONI

CORAÇÃO DE PAPEL

Tradução de
ELIANA AGUIAR

EDITORA RECORD
RIO DE JANEIRO • SÃO PAULO
2004

```
        CIP-Brasil. Catalogação-na-fonte
        Sindicato Nacional dos Editores de Livros, RJ.

        Zucconi, Riccardo
Z86c       Coração de papel / Riccardo Zucconi; tradução de Eliana
        Aguiar. – Rio de Janeiro: Record, 2004.

            Tradução de: Cuore di carta
            ISBN 85-01-06754-7

               1. Romance italiano. I. Aguiar, Eliana. II. Título.

                                    CDD – 853
                                    CDU – 821.131.1-3
04-1813
```

Título original em italiano:
CUORE DI CARTA

Copyright © 1998 Edizioni Polistampa Firenze

Capa: Regina Ferraz

Todos os direitos reservados. Proibida a reprodução, armazenamento ou transmissão de partes deste livro, através de quaisquer meios, sem prévia autorização por escrito. Proibida a venda desta edição em Portugal e resto da Europa.

Direitos exclusivos de publicação em língua portuguesa para o Brasil adquiridos pela
DISTRIBUIDORA RECORD DE SERVIÇOS DE IMPRENSA S.A.
Rua Argentina 171 – Rio de Janeiro, RJ – 20921-380 – Tel.: 2585-2000
que se reserva a propriedade literária desta tradução

Impresso no Brasil

ISBN 85-01-06754-7

PEDIDOS PELO REEMBOLSO POSTAL
Caixa Postal 23.052
Rio de Janeiro, RJ – 20922-970

EDITORA AFILIADA

A meus pais Tito e Valeria
a meus filhos Corso e Verdiana
à minha esplêndida Lucia

Viver a própria vida é a grande aventura
justa para cada herói. Outro senso não tem
o absurdo mistério que há em nós...
Mas podemos estar certos
de que a morte tem um sentido seu,
quaisquer que sejam
as nossas conclusões sobre a banalidade

Ronald Laing

PRÓLOGO

A peste acompanhou por séculos a nossa história. Recorrente, impiedosa, espalhava terror e morte, especialmente nas cidades. Não havia modo nem sapiência capazes de contê-la. As únicas defesas eram a fé e a Misericórdia.

A venerável Arquiconfraria da Misecórdia de Florença é uma das instituições mais antigas do mundo, entre as tantíssimas dedicadas à caridade. Descende da Sociedade da Fé, fundada por São Pedro Mártir em 1244, no dia da Ascensão. Justamente para colocar um freio na peste.

No início chamava-se Sociedade Nova de Santa Maria e assumira o caridoso empenho de assistir os encarcerados e os doentes, além de sepultar os mortos indigentes e sem família.

O nome lhe derivava do fato de que sua sede ficava na velha igreja de Santa Maria Novella, onde permaneceu mesmo quando os dominicanos construíram a nova grande basílica em 1279. Mas em 1321 mudou-se para o centro da cidade, adquirindo um imóvel na Piazza di San Giovanni, de Baldinuccio Adimari. À sombra e sob a proteção do Duomo de Florença ficou para sempre, como ratificou-se em seguida:

"que seja o local cedido para dita companhia e que para o porvir se cedesse, não se afastando cem braços de Santa Maria da Misericórdia, a qual antigamente edificaram e fizeram aqueles que exerceram as obras de misericórdia como nós seus sucessores exercemos no presente"

tomando justamente o nome de Companhia da Misericórdia.
Os florentinos logo se apaixonaram pelas novas instituições. Numerosos foram os que se inscreveram para dar uma mão e gozar das vantagens espirituais concedidas aos irmãos. Muitas foram as heranças que chegaram, tanto que, já em 1330, foi necessário estabelecer um registro especial, dito das possessões, intitulado em nome do

"Senhor Deus, da Gloriosa Virgem Mãe Nossa Senhora Santa Maria, dos gloriosíssimos apóstolos senhor São Pedro e senhor São Paulo, do beato senhor São João Batista e do Evangelista e do senhor São Tobias, o qual é protetor da Companhia da Virgem Maria da Misericórdia."

A nova grandiosa catedral estava surgindo e, em 1365, a Arquifraternidade contribuiu com mil florins de ouro para a sua construção. Assim, em março do ano seguinte, os dois arcos estruturais de Santa Maria del Fiore estavam fechados, e os primeiros dois corredores do templo cobertos nas naves grandes e nas pequenas.

Em 1407, a Misericórdia outorgou-se a honra de criar o primeiro registro civil florentino, anotando junto a seu tabelião nome e filiação de cada recém-nascido, machos e fêmeas, que se batizavam em San Giovanni, único batistério da cidade.

A peste continuava enfurecida. No século XV, Florença foi enlutada por bem umas doze pestilências e os irmãos da Misericórdia deram o melhor de si. Administravam o lazareto de São Sebastião dos pestíferos, no campo da justiça, além da Santa Croce.

Sua obra foi tão meritória que o papa Alexandre VII deu à Arquiconfraria a concessão para sepultar os despojos em todas as igrejas de Florença. O medo do contágio era tão forte que muitas vezes os mortos eram sepultados sem sacramentos, *tanquam bestiae*. O clero florentino foi ameaçado de excomunhão se não acompanhasse os cadáveres toda vez que os irmãos da Misericórdia requisitassem.

Tanto prestígio fez com que desde então os personagens mais influentes da cidade aderissem à Misericórdia. A começar por Lorenzo, o Magnífico, em 1490, e assim quase todos os outros Medici, entre os quais dois papas, Leão X e Clemente VII. Pietro Leopoldo I, grão-duque da Toscana e imperador da Áustria, Fernando III, Carlos Emanuel II, rei da Sardenha e duque de Sabóia, Ludovico de

Bourbon, infante da Espanha e duque de Parma, efêmero rei da Etrúria, por vontade de Napoleão, o qual, ao contrário, sempre recusou a inscrição. Leopoldo II, Vitório Emanuel I, Humberto I, os duques de Aosta, Vitório Emanuel III. Todos fizeram parte dos chefes de guarda.

Uma nova gravíssima pestilência infelicitou a cidade de 1523 a 1527, atingindo quarenta mil pessoas. A Misericórdia lutou desesperadamente, multiplicou os lazaretos, confiou-se às preces, às boas obras e até a sessenta mil frangos belos e cozidos, que distribuiu às famílias atingidas pelo morbo.

Naqueles anos a Misericórdia obteve do papa Clemente VII a concessão de São Cristóvão no Corso degli Adimari, atual Via Calzaiuoli. Aqui os irmãos podiam reunir-se livremente

"pro charitate et aliis eorum piis operibus et ordinationibus exercendi ac mortuos sepelire."

Em 1533, Giovan Battista Nasi trouxera para Florença uma parte da cabeça de São Sebastião. O grande mártir cristão nascido em Narbona no século III, educado em Milão e valoroso soldado, foi condenado a ser transpassado pelos arqueiros imperiais por sua caridade para com os cristãos. A relíquia foi adotada para proteger da peste, como já acontecera em Roma, e também a Misericórdia quis agregar São Sebastião ao patriarca São Tobias, como patrono.

Para a sede atual, a Misecórdia transferiu-se em fevereiro de 1577

"retornou a Companhia lá para onde está hoje defronte ao campanário de Santa Maria del Fiore, onde, até o assédio de Florença, estivera outrora."

O prédio fora doado no ano anterior pelo grão-duque Francesco dos Medici. Estavam terminando a Uffizi, construída por vontade de Cosme I e desenhada por Vasari, para onde seriam transferidas as várias magistraturas urbanas. Por isso, na cidade muitos locais ficaram vazios e entre eles o escolhido pela Misericórdia, que já era sede dos Ufficiali dei Pupilli, abrigo de crianças abandonadas.

A mudança definitiva, como pode ser vista ainda hoje, aconteceu em 1780, sob a autoridade dos Lorena.

Os irmãos da Misericórdia encarregaram-se, durante o período napoleônico, do transporte para seu próprio campo santo dos guilhotinados. O primeiro foi Pasquale degli Innocenti, justiçado em 19 de agosto de 1809. A ele seguiram-se outros nove.

À peste no século XIX sucedeu-se o cólera. A epidemia verificou-se em 1855. A Misericórdia enfrentou-a com setenta e dois chefes de guarda, trezentos diaristas seculares, sessenta grandes eclesiásticos, duzentos e trinta diaristas de repouso, quinhentos voluntários honorários, duzentos aspirantes borra-papéis seculares, setenta e oito eclesiásticos menores. Os mortos foram muitíssimos, o terror outro tanto. Mas conta-se que o exemplo da Misericórdia foi contagiante:

> "quando a cidade os viu, aqueles imperturbáveis jovens e velhos, pobres e ricos, nobres e plebeus, sacrificando seus interesses e seu conforto, expondo tranqüilamente a própria vida, não teve mais a ousadia do medo e pôs-se a imitá-los."

No mesmo ano, na Criméia, a Cruz Vermelha dera início à sua obra de socorro aos militares. Lá foi ferida Florence Nightingale, nascida em Florença em 1820, que aprendera com a Misericórdia florentina a assistir os feridos e os doentes.

I

Há muitos modos de chegar à Piazza del Duomo. Guelfo, de hábito, chegava à Misericórdia entrando na praça pela Via dello Studio. Vindo por essa rua, a Cúpula de Brunelleschi aparece de repente, entre dois tetos oblíquos, enchendo o céu. Não há nada que avise ou leve a supor que você está para esbarrar naquele milagre de arquitetura e harmonia. Não são perspectivas fáceis, como aquelas que o poder buscava em outras épocas. Na Idade Média italiana e no primeiro Renascimento, o prodigioso misturava-se ao cotidiano, o extraordinário acontecia entre as pessoas. As grandes obras surgiam em meio às casas comuns. Também isso era um sinal de que o povo despertava. De que estava tomando consciência de si. Construía as suas igrejas com as próprias oferendas. Ao lado de casa. Assim, Deus ficava mais perto e não se precisava de muitos intermediários para dirigir-se a Ele. Por isso os gibelinos não podiam vencer.

A Cúpula fascinava Guelfo desde menino. Brunelleschi era o verdadeiro artífice de Florença. Ninguém mais do que ele deixara sua marca na cidade. Leonardo e Michelangelo gozam de uma fama universal, os dois gênios insuperáveis. Mas Florença é filha de Brunelleschi. Innocenti, Santo Spirito, San Lorenzo, a capela dei Pazzi em Santa Croce, o Palazzo Pitti, a Cúpula.

Na luz de um lento poente estivo, Guelfo subiu os poucos degraus da escadaria quase na frente do campanário. Sobre lápides de mármore destacavam-se as letras MVPVM, que indicavam as antigas sepulturas (P de *puerorum*, indicando o túmulo das crianças; as outras significavam *mulierum* e *virorum*). Lá estacionavam as costumeiras frotas de turistas chineses e russos em viagens organizadas.

Guelfo entrou na sala da Misericórdia, cumprimentou o meirinho e subiu à antiga cripta onde hoje estão alinhados os dois mil armários de ferro dos confrades.

Abriu o seu, o 1.726, e depositou a mochila com as coisas suadas do treino. O basquete sempre fora uma de suas paixões. Começou, ainda rapazola, e nunca mais parou. Também a sua altura, 1,87 m, não era suficiente para torná-lo um campeão. Mas de qualquer jeito se divertia e mantinha a forma. Junto com o futebol histórico, que jogava desde quando tinha dez anos e Giannozzo Pucci ainda era presidente. No Gonfalone delle Chiavi, bairro de San Giovanni. Com muito orgulho e honra ininterrupta.

Subia às oito e seu turno terminava à meia-noite. Tocava-lhe uma vez por mês e já o fazia há nove anos. Os novos inscritos para o primeiro ano se chamavam *stracciafogli* (borra-papéis), depois se tornavam *giornanti* (diaristas), na Companhia da Misericórdia de Florença.

    Antes de subir ao primeiro andar e assumir seu posto, Guelfo parou diante do oratório. A grande cerâmica dos della Robbia reinava sobre o altar. Depois de quase seis séculos aqueles brancos e azuis permaneciam insuperados. A Madonna resplandecia com o menino nos braços, cercada por um coro de anjos que pareciam rosas apenas abertas. Nas laterais, os santos Cosme e Damião. A luz e a pureza que emanavam eram um bálsamo para a alma. Guelfo não saberia furtar-se à fugaz visita. Só na pequena capela de Vence, decorada por Matisse, encontrara aquela luz e aquelas cores.

    Guelfo havia quase adormecido. O som do bipe o sacudira. O quadro de controle indicava que o 429 saíra do trajeto que lhe fora designado.

    Acionou o microfone e a voz ressoou no ouvido do 429:

— Você está saindo de sua área, o que houve?

— Houve uma interrupção por causa das obras na Piazza Donatello, nos desviaram pela Via Capponi. Volto ao trajeto na Piazza della Libertà.

    Guelfo olhou no computador e o vídeo lhe confirmou que o 429 dizia a verdade. Tanto que o sinal relampejou ainda por dois ou três minutos e depois apagou-se. Curioso, Guelfo acessou a ficha do 429. Fazia sempre. Ajudava a passar o tempo e a compreender mais um pouco o seu trabalho.

O 429 tinha que descontar um ano de vigilância de 2º grau por não ter pago as faturas de alimentação. Tinha vários antecedentes por ofensas, ameaças, embriaguez, escasso rendimento no trabalho, sujeira no solo público. Naturalmente não votava, embora tivesse cinqüenta e dois anos.

Era o ano de 2030 e a prisão já quase não existia mais. A tecnologia permitia controle absoluto sobre cada indivíduo. A carteira de identidade era um *chip* inserido sob a cútis. Não era rejeitado pelo organismo e era absolutamente indeformável e infalsificável.

Seus trajetos, enviados aos satélites, seguiam cada pessoa por toda a vida. Podiam dizer com absoluta segurança onde qualquer um se encontrava. Mesmo à distância de anos. Cada prédio público, cada local ou loja era dotado de alarmes que denunciavam a entrada de alguém sem identidade ou com uma identidade não correspondente ao seu DNA.

As penitenciárias serviam então para poucas centenas de indivíduos altamente perigosos, em quem, por motivos vários, não se podia intervir química ou cirurgicamente para inibir o crime para o qual eram predispostos, irredutíveis ou totalmente incapazes de entender ou querer.

Guelfo olhou o relógio e viu que ainda faltavam duas horas para o fim de seu turno na Misericórdia. Fora uma dura jornada: primeiro o trabalho na faculdade e depois o treino. Mas não podia absolutamente faltar a seu compromisso. Valia-lhe muitos pontos e, na próxima eleição, queria a qualquer custo estar em condições de votar e tornar-se assim um cidadão em pleno direito.

Muitos zombavam dele por isso. Quantas jornadas, quantas noitadas consagradas a esse intento. E quantos sacrifícios. Mas valia a pena. Tinha agora trinta e dois anos, em nove se votaria de novo, e dessa vez, se tudo caminhasse como previsto, ele também estaria lá. Poderia assim participar de concursos para cargos públicos e de administração.

Tinha muitas idéias e no departamento, na faculdade, falava delas aos colegas com freqüência. A deles era a primeira geração que se tornou adulta depois do cataclismo que estremecera a sociedade. Sobre eles depositavam-se grandes esperanças. Não falhariam.

A última eleição popular aconteceu na Itália em 2013, mas de todo jeito então se votava todos os anos e quase nada mudava. Não era mesmo possível, com governos sempre mais condicionados por contingências. Aterrorizados por sondagens de opinião que, diariamente, davam votos a cada ato do presidente e dos ministros. Impossibilitando dessa forma uma política de verdadeiras reformas e de amplo fôlego.

A União Européia, sonho de duas gerações a partir dos anos 50, naufragara por egoísmos nacionais. As nações que fizeram a história do mundo e impuseram a todos, no bem e no mal, o modelo e a civilização ocidental, agora se esganavam pelo preço do leite, as cotas do peixe, a impossibilidade dos vários governos locais, políticos e burocráticos, de ceder parcelas significativas de poder.

Os eleitores foram 18%, apesar de até os jovenzinhos de 12 anos votarem com a justificativa de que deveriam ser os artífices de seu futuro.

Em 2019 votou-se de acordo com as novas regras. O direito de voto era concedido apenas aos cidadãos de mais de quarenta anos que o solicitassem e tivessem se mostrado dignos, atingindo pelo menos 80 centésimos em uma avaliação que considerava seu comportamento no trabalho, na sociedade, em família e o cumprimento das obrigações fiscais, ambientais e ecológicas e de serviço à comunidade. Logicamente, não poderiam ter cometido nenhum crime nos últimos dez anos.

Não era fácil chegar lá e, de fato, a maioria nem tentava. Mesmo porque não eram previstas sanções, e não havia vantagens. Ao contrário. Certamente o empenho e os deveres dos cidadãos eram superiores aos do resto da população.

E no entanto... no entanto, nos últimos anos se estava verificando uma grande agitação para increver-se nas listas eleitorais, coisa que, de qualquer forma, deveria ser feita dez anos antes das eleições. Isso fazia disparar toda uma série de exames e de averiguações que levariam em seguida ao direito de voto e à possibilidade de ser candidato.

Apenas 3% dos quarentões votaram em 2019 na primeira eleição com o novo sistema. Passaram a 8% em 2029.

Nesse passo, em 2039, a julgar pelos aspirantes a eleitores inscritos nas listas de votação, se poderia chegar a quase 25%. Esse era um grande resultado. Significava que a democracia desgastada, ultrajada, traída pelo sufrágio universal "gratuito" estava se regenerando e formava uma nova classe de cidadãos. Cidadãos dispostos a sacrificar-se pelo bem comum, a inseminar com seu trabalho e com seu esforço um círculo virtuoso que completasse a mudança da sociedade.

Nova York desaparecera em outubro de 2014. Destruída por uma bomba atômica, detonada na Trump Tower por um grupo de terroristas provenientes do Oriente Médio, depois de dois dias de frenéticas negociações com o governo americano. Todas as suas condições haviam sido aceitas, mas quando se pensou que o perigo estivesse esconjurado, a bomba ainda assim explodiu.

Foram cinco milhões de mortos e outros quinze milhões atingidos pelas radiações. Junto com o Rockefeller Center e com o MoMa, o Metropolitan e o Plaza, evaporaram-se também cem anos de discussão. Do eterno debate da civilização ocidental entre liberdade do indivíduo e necessidade de controle por parte do Estado, ficaram apenas cinzas.

Em poucos meses os Estados Unidos deram vida à Confederação, à qual aderiram Europa, Canadá, Austrália, China, Nova Zelândia, América Latina e outros países asiáticos.

As regras eram rígidas e referiam-se sobretudo à segurança. Somente os habitantes que respeitavam os padrões estabelecidos pela Confederação podiam circular em seu território, trabalhar ou comerciar. Os outros estavam fora. Definitivamente.

A adesão à Confederação implicava também renúncia à soberania nacional e respeito às novas regras políticas estabelecidas pelos Estados Unidos e pelos primeiros aderentes.

O governo fora transferido para o Havaí, na ilha de Lanai, a mais deserta. Ficava no poder por dez anos e não era reelegível.

No início houve resistências, sobretudo na Europa. Mas ninguém se atreveu a não levar a sério o novo rumo americano.

As grandes telas planas de televisão, que ocupavam uma parede inteira em cada casa, repetiam obsessivamente, todos os dias, a cada quatro horas, as imagens da destruição de Nova York e sua atual ruína.

O presidente democrata dos Estados Unidos, junto com o vice-presidente republicano e com o governo de unidade nacional reunido em sessão permanente, explicavam ao mundo, todas as noites, os procedimentos adotados, políticos e militares. Que o Congresso e o Senado ratificavam conjuntamente, por unanimidade.

A democracia é a abertura de um crédito para o *homo sapiens*. Que deve demonstrar ser suficientemente evoluído para saber usá-la. Entretanto, se a espécie humana sofre um processo involutivo, a própria democracia já não tem mais razão de ser. E faz-se necessário voltar às decisões dos poucos, os melhores, os mais sábios. Que se encarreguem do bem comum neste caminho atormentado por grandes perigos. Até o momento de levar a salvo, para margens seguras, a esperança de todos em um futuro certo.

A Inglaterra, como sempre, foi a primeira a dar o seu apoio. O rei William exortara o povo a submeter-se aos novos complexos procedimentos em matéria de segurança com paciência e espírito de colaboração.

— Estamos em guerra. Ninguém pode negar. Talvez a mais terrível entre aquelas que combatemos, pois o inimigo está dentro de nós. Em nossa decadência. Mas podemos e devemos vencer. A Inglaterra e seu rei esperam que todos os homens e todas as mulheres cumpram seu dever.

A resposta foi incrível. Em 2019, o percentual de votantes sob novas rigorosas regras foi de 35% e em 2029 superava 60% Da sociedade erguiam-se vozes que, no máximo, pediam uma seleção ainda mais dura. No mundo anglo-saxão, agora, quem não votava era malvisto. Os casamentos entre votantes e não-votantes tornavam-se raros.

A Itália penou muito. Houve graves desordens. Por fim, aderira com sofrimento, mais para não ver arruinada a própria economia que por convicção política.

— Foi uma fatalidade. Uma terrível fatalidade. Pensem como se tivesse acontecido em Nova York um imenso terremoto. Nós, italianos, já estamos habituados a eles, desde os tempos de Pompéia e Herculano. Mas a vida continua. Não se pode, por esse infortúnio, mudar a ordem mundial, rasgar os tratados, os acordos.

Mas a impossibilidade de vender um par de sapatos que fosse, um puloverzinho apenas, um único frigorífero ou par de óculos, de receber um turista com moeda forte, pesou mais do que qualquer outra coisa. E também a Itália adequou-se.

Os grandes computadores e os satélites que administravam o novo rumo estavam nas mãos dos técnicos da Confederação. Sempre supranacionais, assim como os chefes militares.

Quando a Confederação se sentia ameaçada pelo comportamento de outros Estados, seja militarmente, seja ecologicamente, ditava as suas condições. Se não fossem respeitadas nos termos exigidos começava a destruir com mísseis inteligentes uma série de alvos cada vez mais importantes. Sem usar um soldado. Depois das primeiras vezes nada mais aconteceu.

Agora o mundo estava dividido rigidamente em dois, mas o número dos Estados que requisitavam sua entrada na Confederação aumentava continuamente. Só que precisavam esperar para se adequar aos rígidos parâmetros exigidos. Apenas o mundo islâmico fundamentalista permanecia obstinadamente fora. Mas sua importância tornou-se totalmente marginal, a partir do momento em que a energia passou a ser extraída da água.

Ao grande poder central uniam-se fortes governos locais. Ligados aos vales, aos cursos d'água, ao respeito ao meio ambiente. De onde nasceram e cresceram originalmente as primeiras aglomerações humanas, justamente lá se recomeçou a sanear as bacias hídricas. Restituindo-lhes a pureza original e, junto com ela, os comportamentos e o modo de vida dos habitantes.

II

Passava da meia-noite quando Guelfo saiu da Misecórdia. Lançou um último olhar à grande Cúpula que velava sobre a cidade e aviou-se em direção à Piazza della Signoria, pela Via Calzaiuoli.

O centro esvaziava-se lentamente dos turistas e finalmente era possível caminhar até pelas ruas principais com certa facilidade. Normalmente, os florentinos, durante a estação turística, assim como os venezianos, são mestres em escolher vielas ou atalhos que, uns poucos passos mais para lá, permitem mover-se rapidamente e com tranqüilidade.

Deteve-se no Rivoire, na Pizza della Signoria, para um *cappuccino* e um sanduíche. Apoiado no balcão de mármore verde, observava a *loggia* dos Lanzi e o imponente perfil do Palazzo Vecchio.

Guelfo ensinava história medieval. Conhecia a sua cidade palmo a palmo. A história dia após dia. Desde a fundação romana e mesmo antes, no período etrusco, quando Florença não era mais do que alguns poucos armazéns e depósitos de Fiesole, que ficava mais acima, às margens do Arno. Para não falar do pleistoceno, quando todo o Valdarno era um grande lago e lá em cima, no San Gaggio, reinava o mamute. Agora mesmo, na porta do Rivoire, com o seu sanduíche na mão, olhava os brasões sobre a fachada do palácio, sob o passadiço, com as seteiras de defesa, entre os refeitórios e as arcadas.

Ei-los, os nove brasões da república. Da esquerda para a direita, a Cruz vermelha sobre campo branco do Capitão do povo; o Lírio vermelho em campo branco símbolo da cidade guelfa; o brasão de Florença e Fiesole dividido em branco e vermelho, as cores da república; as duas chaves cruzadas do papa; a inscrição Libertas em campo azul, emblema da Signoria; a Águia vermelha da parte guelfa que ataca com suas garras um dragão verde; o brasão da cidade gibelina, Lírio branco em campo vermelho; os Lírios de ouro em campo azul de Carlos D'Anjou, e, enfim, o brasão de Roberto d'Anjou dividido, com o ancinho amarelo e preto e os Lírios de ouro.

Um jogo que fazia desde pequeno, impressionado por aqueles escudos que imaginava nas mãos dos soldados florentinos ou agitados ao vento em seus mastros. Estremeceu. Tinha de voltar para casa depressa. Baltazar não saía desde as cinco e podia estar esperando por ele, indócil.

Percorreu a galeria Uffizi, reaberta há alguns anos, desde quando as pessoas começaram a se comportar com mais civilidade. Florença, até o ano 2020, transformara-se numa cidade gradeada. Único modo de preservá-la dos vândalos. Os locais históricos, os jardins, eram fechados às dez da noite e reabertos às sete da manhã.

Atravessou a Ponte Vecchio e dobrou à esquerda. Poucos passos, até a Piazza Santa Maria Soprarno, onde morava. Sozinho. De quando em quando recebia algum hóspede. E algumas amigas. Amizades coloridas. Na maioria estrangeiras. Colegas, estudantes. Mas nenhuma ficara mais de um mês. Não era escolha sua. Aconteceu assim, e agora já estava habituado. Ademais, Francesca não era substituível. Experimentara todas, mas com escassos resultados.

Fazia já sete anos que estavam separados, mas ela continuava lá, presente, embaraçosa, determinada, mais viva que nunca.

Ele a ouvira e não ouvira. Vira e fugira. Procurara e evitara. Adulara e odiara. Nada mudara. Ela zombava dele:

— Guelfo, em que fase estamos? Amigos ou inimigos? Santa ou puta? Posso te chamar de tesouro?

E ria ao telefone.

Também ele acabava por rir, sempre. De si, dela, deles, de seus fantasmas, de suas dificuldades. Mas uma outra, a sério, ele não conseguia. Como fazer para se apaixonar quando já não se tem quase nada para investir? Quando cada palavra, cada gesto, cada confronto repetiam sempre: Francesca Francesca Francesca...

Entreabriu a porta, Baltazar enfiou seu enorme focinho amarelo e preto. Era um belíssimo *bull-mastiff* de seis anos e queria sair.

— Já sei, já sei, estou atrasado. Mas me deixa pelo menos entrar e deixar a mochila, depois vamos.

A casa não era grande. Dois quartos, dois banheiros, um salão e uma pequena cozinha. Mais um belo terraço de frente para a Uffizi. Quatro andares sem elevador. Mas cada um dos setenta e dois degraus era plenamente justificado por aquele pequeno paraíso sobre os telhados. Com o teto rebaixado e o pavimento de cerâmica antiga.

Seus pais compraram para ele quando estava no terceiro ano da universidade.

— Não entendo por que você quer morar em Oltrarno, um bairro tão sem conforto. E sem elevador, sem garagem... Bem, se é assim que você quer.

Sua mãe não estava de acordo, mas Guelfo manteve-se irredutível. Assim, como dinheiro não era problema, veio a casa.

Eles a tinham decorado juntos, ele e Francesca, que morava não muito longe, na Piazza di Santo Spirito.

— Você não teve coragem de vir para San Frediano. O mocinho ficou na margem, ao longo do rio Arno — ela caçoava.

— Não, não é por isso. É que gosto mesmo dessa casa. E, depois, me deixa alguns metros de autonomia. Ficou com ciúme?

— Com ciúme, eu? E de quem? Desse espeto com topete, um físico de atleta, um rosto de ator, rico, simpático, inteligente? Imagina!

E riam, se abraçavam, pulavam. E arrancavam escada acima com a última mesinha-de-cabeceira pintada que Francesca desencavara de algum artesão das paragens.

— Não abra a boca. Você não entende nada disto, deixe que o preço eu resolvo.

E ela fazia e desfazia. Também em Oltrarno era conhecida de todos, nascera lá.

— Pode fazer como quiser, Franceschina. Pode pegar e levar. Você experimenta, se gostar, volta depois para pagar. Se não, traz de volta.

— E quem lhe disse que vou voltar? E se eu não aparecesse?

— Se você não pagar, o seu pai paga. Senão, quando passar por aqui pego no seu braço e boto você aqui nessa loja lustrando os móveis até acertar as contas. E agora suma daqui que não tenho tempo a perder.

Baltazar descia aos saltos, Guelfo atrás:

— Nada de xixi na calçada, entendido?

Em um segundo já tinham dado a volta pela Costa. Chegando à Porta San Giorgio, Baltazar enfiava-se alegremente pela Via San Leonardo.

— Pára que já é tarde, hoje é só uma voltinha — e Guelfo desceu, ao longo dos muros, para San Niccolò.

Desembocaram ao longo do Arno e caminharam até a Ponte Santa Trinità. Guelfo sentou-se no parapeito.

Florença está relaxada, silenciosa ao longo do Arno naquela noite de verão. Hoje caiu um belo temporal, o ar finalmente está limpo. Depois de tantos dias de calor tórrido, a cidade saiu de sua mortalha e desenha-se nítida contra um céu negro e brilhante.

— É por ela que fiquei, Baltazar, por estas pedras vivas, castanhas, por estas telhas vermelhas, por estes borrifos de mármore. Que em pouquíssimos anos, uma única vez na história da humanidade, foram misturados por mãos sábias, pelas mãos da nossa gente, último dom dos deuses antes de desaparecerem para sempre. Mais do que isso não é possível fazer. Daí em diante só se pode andar para trás. Vamos, vamos para casa.

Guelfo passa a mão, ainda uma vez, nas pedras da ponte. Aquela ponte destruída pelos nazistas em 1944 e milagrosamente reconstruída, reconquistada ao Arno, pedra sobre pedra, em um trabalho que somente o amor poderia realizar. Afaga-as delicadamente, sente seu calor, como se fossem os ombros de uma mulher adormecida que se quisesse despertar sem ter coragem.

A mão lhe devolve uma sensação familiar, antiga, junto à lembrança de quando começou essa cumplicidade, essa relação sentimental entre ele e a sua cidade.

Desde criança seu pai o levava no quadro da bicicleta domingo de manhã. Para visitar museus e igrejas, encarapitar-se em montes e jardins, para surpreendê-la de improviso, alheia, em uma pose diferente, sem que ela pudesse vê-lo.

Contava-lhe histórias fantásticas, de empresas incríveis. Do brasão dos Medici, com as seis bolas vermelhas, que outra coisa não eram senão as marcas das patas ensangüentadas que um leão deixara no escudo de um deles, antes de ser morto.

De Benvenuto Cellini que, para acabar de fundir o Perseu, não bastando a temperatura do forno, ateara fogo à própria casa.

De Brunelleschi, justamente, que aos pés do andaime, no meio do Duomo, comandava os operários com a espada. Porque tinham medo que desabasse tudo. Não compreendiam como aquela estrutura imensa poderia segurar-se sozinha. Mas mestre Filippo sabia, tinha clara na cabeça a sua Cúpula e ao final saíra vencedor. Também de Guelfo, que aos seis anos passava tremendo ao longo dos afrescos de Vasari, e sentia-se ainda menorzinho, esmagado por aquela obra grandiosa, ele também uma figura do afresco. Um moleque de olhos negros com o capote de lã de Casentino e gola de peliça.

— Vamos, olhe lá embaixo, não tenha medo, se continua de pé há mais de cinco séculos, não vai cair.

Então, Guelfo se colocara de gatinhas e enfiara a cabeça entre as barras da grade. Só o tempo de dar uma olhada, rápida, rápida, lá para baixo na nave do Duomo, onde acontecia a missa solene, aquela do meio-dia.

— Papai, não consigo, me dá tonteira.

E percorrera os últimos metros agarrado àquela mão forte, seguro por aquele aperto, com os olhos fechados. Excitado pelo cheiro de incenso que vinha do altar-mor, pela canção que o pai assobiava tranqüilo, como se estivesse em casa. Última impertinência de uma família anticlerical que, desde o trisavô garibaldino, recusava os santos óleos.

Assim crescera esse amor, de mansinho, claro como água. Um menino e a sua cidade, que o ninava, que o seguia, que o via crescer.

Foi então que começou aquele costume, aquele vício mecânico de tocar as pedras dos muros, de contá-las, enquanto caminhava pelo centro ou voltava da escola para casa. Primeiro as mais baixas, depois, com os anos, cada vez mais ao alto. Não havia ninguém que conhecesse Florença, dos oitenta centímetros ao metro e meio do chão, melhor que ele. Ainda hoje, automaticamente, escolhia sempre o lado do muro, sem se dar conta, quando falava com outras pessoas. Depois, já em casa, notava as pontas dos dedos sujas de poeira. Havia ainda as brigas com os outros meninos, quando queriam pichar com *spray* os muros.

— Aqui não. Vão sujar a periferia, para lá das portas. Essas não, estão vivas.

Baltazar corria festivamente atrás de um gato tigrado, descendo para a Piazza Frescobaldi. Guelfo foi obrigado a persegui-lo e seus passos desembocaram na viela do Montepio de San Martino, que o cão seguira.

— Pára, pára, Baltazar, pára que já é tarde.

Mas ao que parece sua voz não demonstrava convicção, pois Baltazar continuou a correr mais rápido que antes. Em poucos segundos desfilaram diante da igreja de Santo Spirito e encontraram-se no centro da praça onde o cão pôs-se a beber tranqüilamente da fonte.

Só havia um jovem casal ocupado em conversar, rápido e sem parar, sentados num banco. Guelfo estremeceu. Apoiara os braços na fonte para recuperar o fôlego. O olhar foi logo para as janelas de Francesca. Embora ela morasse a quinhentos metros de distância, Guelfo se deu conta de quanto fugia daquele lugar. E olha que a praça era o centro do bairro. O seu coração pulsante. Com seus bares, restaurantes, bancas de flores e de hortaliças, ambulantes. E tantíssimas manifestações, da música ao teatro, que se sucediam constantemente.

Desde o final do século passado, os florentinos, os últimos, aqueles verdadeiros, haviam se retirado para Oltrarno. Apesar das dificuldades, das casas velhas, dos poucos elevadores, da falta de garagens, de escolas. Dos preços altos. Da falta de serviços. Mas Florença, o que restava dela, era ali. Não havia dúvida. Os sanfredianos eram os nossos ianomâmis.

Muitos partiram para a periferia buscando condições de vida aparentemente mais fáceis. Não suportando mais aquele viver apertado, em casas amontoadas, uma em cima da outra. Intercambiando todo tipo de rumores humanos, de cheiros, em uma promiscuidade agora odiosa porque não mais permeada de solidariedade. Mas foram considerados traidores e se perderam.

Foram substituídos pelos filhos inteligentes da burguesia que, em um boca-a-boca disfarçado, compravam velhas casas, reformavam e aí levavam a própria vida. Uma vida que muitas vezes, no passado e em outros lugares, tinham jogado fora, desperdiçada, e que agora era resgatada às margens daquelas ruas. Ruas onde ele reencontrava um sentido de identidade e de raízes. Ruas onde se sente circular o amor, físico e sentimental, quase a ressarcir todo o ódio das tantas guerras civis que a ensangüentaram por séculos.

Outros vieram de longe. Da Inglaterra e dos Estados Unidos, da Alemanha e da América do Sul, do Japão e da Austrália. Porque ser florentino é um estado de espírito. É um senso inato da graça e da medida. Pode-se nascer florentino sem que se perceba. Até que um dia, encontrando esta cidade, se compreende que é o único lugar do mundo onde se pode viver.

Mas Francesca se foi. Morava em Paris já há muitos anos. Graduada em história da arte, ganhou uma bolsa da Unesco e nunca mais voltou. Fazia uma excelente carreira, encarregada dos cursos de atualização e formação para funcionários dos museus sul-americanos.

Voltava a Florença raramente. Mas conservava a casa, mesmo depois da morte do pai.

Guelfo sentou-se na borda de pedra, toda lascada, da fonte. Não tinha mais sono e o cansaço passara. Olhava aquelas cinco janelas apagadas, no último andar, mas com as persianas abertas, presas na fachada. Francesca não quis fechá-las, embora a casa estivesse deserta por muitos meses.

— Não é justo que minhas coisas fiquem no escuro, sem luz. Não é culpa delas se estou longe.

CORAÇÃO DE PAPEL

Francesca sempre cultivara o vício de antropomorfizar os objetos. Atribuindo-lhes uma alma, e sentimentos. Falava com suas bonecas e ursinhos. Não trocava a bicicleta escangalhada, porque estava certa de que lhe causaria grande dor.

Não era doida e nem esquizofrênica. Seu pai chegou a se preocupar a uma certa altura. Mas era só um vício, um hábito.

Talvez porque, depois que sua mãe voltou para casa (para ela a mãe não foi embora, apenas voltou para casa), ela tenha ficado muito só, e os objetos, as suas coisas, as coisas da mãe, lhe fizessem companhia.

Passava horas no toalete, a pentear-se com as escovas dela, a passar seus cremes. Botava pouquíssimo, de modo que não acabassem nunca. E o seu perfume estava por toda parte, impregnava o quarto e a comovia sempre. Ela deixara tudo como estava, para dar a Francesca a impressão de que sua partida fosse coisa temporária. Depois, ninguém mais teve coragem de tocar em nada. Parecia uma coisa mórbida. Mas não era verdade. Era a sua transferência, o seu contato com a própria alma. Todas as manhãs era ali que se arrumava. Desde então as coisas de Francesca confundiam-se com as de sua mãe em um único, inextricável abraço.

Conversara longamente com o pai sobre isso. E decidiram que, naquela altura dos fatos, a presença de Laura na vida deles era tão forte que não se podia apagar simplesmente escondendo os seus sinais, arriando as suas bandeiras desfraldadas.

E depois, Laura não estava morta. Com Francesca falava longamente ao telefone, e mandava longas cartas. Gordas cartas azuis, cheias de desenhos, de fitinhas, de pétalas, de perfumes, que se abriam como pequenas arcas, espalhando na mesa o conteúdo colorido e fantástico.

Aquelas cartas, para Francesca, eram o seu diário. Ela as conservava com atenção ciumenta. Algumas transformou em colagens, fixando nas páginas as coisinhas encontradas nos envelopes, junto com frases recortadas. E pendurou-as nas paredes de seu quarto.

Enquanto estava imerso naquelas recordações, Guelfo brincava com o chaveiro pendurado no jeans. Entre as seis ou sete chaves coloridas, destacavam-se duas brancas, imaculadas. Eram precisamente as da casa de Francesca. Ela lhe entregara depois da morte do pai.

— Por favor, fique com elas. Eu estou sempre fora, nunca se sabe, para algum imprevisto.

— Mas a empregada também não tem?

— Sim, certo, mas a empregada é a empregada e não você. Assim ela não fica sozinha.

Sua voz partira-se. Guelfo pegara as chaves. Com certeza, não era o momento de criar caso. O funeral acontecera apenas alguns dias antes e Francesca já estava com as malas prontas para voltar a Paris. Estavam ali, na casa, para as despedidas e porque Francesca queria que Guelfo pegasse tudo aquilo que desejasse das coisas de Giovanni.

— Ouça, me ajude. Não me obrigue a discutir. Esse é um momento difícil para mim. Peço-lhe, aceite. Sabe o quanto ele lhe queria bem.

Então desceram, cada um com uma mala. Ela para ir à estação e ele para voltar à casa com alguns pulôveres, alguns livros, algumas cartas. Mas aquelas chaves, ele nunca as usara, embora teimasse em carregá-las sempre consigo. Como um amuleto. Salvo a única vez em que um cano arrebentou e estava alagando o andar de baixo.

Francesca o acordou de manhã cedo, por telefone, e ele foi com um bombeiro para fazer o conserto. Mas esta noite o acaso o conduzira até ali embaixo, em plena noite, sozinho...

Enfiou a chave no portão que se abriu suavemente. Começou a subir as velhas escadas de pedra com Baltazar atrás, enfiando o focinho entre suas pernas e a parede, tentando passar.

Ao chegar em cima, hesitou um segundo antes de entrar. E se tivesse alguém? Mas quem poderia estar?

Fechou a porta às suas costas e não acendeu a luz. Conhecia a casa à perfeição. Esteve ali milhares de vezes. Tinha comido, dormido, estudado, feito amor. Podia-se dizer que naquela casa nascera de novo. Entretanto, naquela noite, tinha uma percepção diversa. A luz dos lampiões da praça entrava pelas grandes janelas, misturada ao clarão da lua. Toda a peça estava grávida de lua e os móveis pareciam flutuar no vácuo. Formas e corpos perdidos no espaço.

Atravessou a sala e a biblioteca e entrou no quarto de Francesca. Já estava habituado à escuridão e aquela pouca luz ajudava a memória. As coisas no escuro perdiam as cores, mas começavam a falar. Na penumbra podia imaginar melhor a figura de Francesca, ouvir sua voz, as suas vozes de tantos anos atrás. Estava convencido de que, se acendesse, ela desapareceria junto com suas lembranças.

III

Ele a conhecera na escola elementar da Via Laura, das freiras. Ele ia desde o primeiro ano porque era uma boa escola, perto de casa. Francesca chegou no segundo, na metade do ano, depois de ter abandonado uma outra em Oltrarno onde não estava bem. Ficaram amigos e consumaram todos os ritos daquela primeira infância. As festas de criança, as brincadeiras nos jardins e uma convivência diária intensa, das oito e meia da manhã às quatro e meia da tarde.

Francesca era mais esperta, sempre a melhor, sempre a primeira. Primeira cadeira, primeiro prêmio. Responsável até demais. Cheia de louvores e medalhas.

Guelfo, preguiçoso, navegava à vista, sem desonra e sem glória. Esperava ansioso o recreio para soltar-se no campo de futebol.

Explorava a grande escola de cima a baixo, tentando esquivar-se o mais que podia à vista dos professores e das irmãs.

Os meandros dos corredores desdobravam-se ao infinito, subindo e descendo. Longas tiras de cascalho amarelado consumido por milhões de passos. Guelfo os percorria com passo seguro, junto com outros dois ou três corajosos.

Começando pelos sótãos cheios de caixas, de velhos livros, velhos registros, de figurinos de teatro e até mesmo de algumas perucas e um esqueleto, usado outrora na aula de ciências. Batiam nas paredes em busca de algum tesouro. Quantas risadas quando descobriram centenas de penicos, ordenados em pilhas altíssimas.

— Aqui é onde as irmãs faziam, as mijonas!

E levaram uma dezena deles para a sala de aula, fazendo uma confusão dos diabos. Foram três dias de suspensão e em casa levou o que merecia. Mas valera a pena. Lembrava até hoje.

Guelfo tinha um irmão, Lorenzo, alguns anos mais velho. Lorenzo fazia o secundário na mesma escola. Era ele que o acompanhava para cima e para baixo, o ajudava nos deveres, se informava com os professores, que antes eram seus.

— E como está indo o meu irmãozinho?

— Bem, Lorenzo, bem. Mas você era outra coisa, Guelfo é tão irrequieto.

Os pais eram muito ocupados pelo trabalho e tiveram uma agradável surpresa ao ver que podiam tranqüilamente confiar Guelfo ao irmão maior.

Lorenzo o carregava sempre com ele. Via-se Guelfo trotando-lhe nos calcanhares com a confiança e a alegria de um lobinho que segue o chefe da matilha.

CORAÇÃO DE PAPEL

Uma das primeiras coisas das quais se recordava com nitidez era um temporal que os surpreendera na Piazza d'Azeglio e eles tiveram de se abrigar sob um dos dois grandes plátanos. A terra molhada, a poucos passos de seus pés, o envolvia naquele perfume mágico, o suspiro da terra ressecada que agradecia pela água tão ansiada. Desde então aquele perfume instalara-se dentro dele.

— Vamos para casa. Não pára de chover e você não sabe que é perigoso ficar debaixo das árvores durante um temporal? Se cai um raio, a árvore o atrai e nos incinera.

Guelfo não sabia. Tinha seis anos e não sabia nem o que queria dizer incinerar. Mas tinha uma confiança ilimitada em Lorenzo que, com doze anos, sabia tudo e era forte, bom e generoso. Na praça e na escola os outros meninos também o respeitavam por sua lealdade. Para Guelfo, a sua opinião parecia realmente inapelável.

De fato, freqüentemente, mais que brincar com os meninos de sua idade, Guelfo queria participar dos jogos de Lorenzo, contentando-se com pequenos papéis de coadjuvante.

Colocava-se atrás das traves feitas com as mochilas e ficava todo contente recolhendo as bolas que iam para fora ou escolhia as pedras para a atiradeira que Lorenzo manejava com precisão absoluta. Preferia dividir, mesmo como última roda do carro, o mundo de Lorenzo a ter um mundo seu.

Estava seguro de que, crescendo, Lorenzo se tornaria um grande *condottiero** ou um general, e que ele estaria a seu lado, pronto, indispensável. O único em quem Lorenzo poderia confiar.

E havia de salvar-lhe a vida mil vezes, de tantos modos, desviando a lâmina de um traidor, chegando à frente dos reforços ao forte assediado e sem munição ou, melhor ainda, oferecendo seu peito à bala ou à flecha destinada a ele. Expirando em seus braços com uma última belíssima frase. E Lorenzo o vingaria. Mostrar-se-ia terrível com seus inimigos.

Guelfo descobria a realidade dia após dia, através do irmão. Lorenzo, de caráter paciente e reflexivo, perdia horas para explicar-lhe todo tipo de coisa, dos segredos do Meccano ou do Lego, às formas de fabricar um arco ou uma pipa.

Lorenzo já não existia, vítima ele também, de algum modo, do terremoto que varrera o sistema, o velho mundo.

Em 2014, na época da destruição de Nova York, tinha vinte e dois anos. Fazia arquitetura com a seriedade que punha em todas as coisas. Sua faculdade estava no primeiro plano entre os que se opunham ao novo rumo, nos anos difíceis de 14 e 15. Greves, ocupações, manifestações e confrontos com as forças de segurança.

Lorenzo estava mergulhado até o pescoço. Foi parado, preso e solto. Empenhara-se sem restrições. Considerava

---
*Comandante. Literalmente, condutor. (*N. da T.*)

aquilo tudo tão absurdo que não atribuía mais nenhum valor a viver no mundo que vinha se configurando.

— Aliás, essa tragédia, no fim das contas, não aconteceu em vão. Se a Itália ficar de fora, pode se reorganizar em bases mais severas, mais éticas. Temos de aceitar um forte empobrecimento e fundar assim uma sociedade de iguais, com valores fortes. Ligar novamente a nossa sobrevivência à terra, à vida em comum. É a última oportunidade.

"Esse sistema é a verdadeira torre de Babel. Que obriga a produzir sempre mais. Basta um por cento a menos no produto bruto para a economia entrar em colapso e criar legiões de desocupados. Temos de deixar que o mundo ocidental e o capitalismo global sigam lá o caminho deles, que nós vamos refundar a nossa Nação.

Mas a decisão foi contrária e Lorenzo não conseguia ter paz. Falavam longamente, ele e Guelfo, noite adentro, quando ele voltava de suas reuniões clandestinas.

— Você entende, Guelfo? Estamos jogando tudo. Nossa história, nossa civilização, nosso futuro. Vamos nos transformar em robôs massificados, telecomandados. Subumanos.

"Eu também percebo. Como estava não dava para continuar. Uma destruição total, um 'poucomeimportismo', um individualismo deletério. Uma absoluta falta de valores, de espiritualidade. Esses fatos, com os anos, viraram uma verdadeira obsessão.

"Você nunca se perguntou por que no final foi justamente Nova York que explodiu? Porque era o símbolo de tudo isso elevado à enésima potência. O dinheiro, os objetos. A quantidade anormal de produtos foi o câncer que atacou e matou a alma da civilização ocidental. E Florença tem lá as suas culpas. O mundo moderno começou precisamente aqui. Aqui, de fato, realizou-se pela primeira vez na arte a perspectiva geométrica, quer dizer, aquele olhar para as coisas e para as pessoas como se fossem objetos, que acabaria por se transformar na essência do método científico. Aqui definiu-se o tempo como propriedade particular do homem, o que nos levou ao *time is money*. De Florença, Paolo Dal Pozzo Toscanelli deu uma contribuição decisiva à viagem de Colombo. Um outro florentino compreendeu antes de todos que a América não eram as Índias e o novo continente ganhou o seu nome. O descobrimento da América tornou-se desde então o modelo do modo ocidental de conhecer, fazer ciência e estabelecer relação com o cosmos. Aqui, o capitalismo elaborou os passos decisivos que o levariam a conquistar o mundo.

"O único que tentou se opor foi Savonarola, o profeta desarmado. A cidade, alcançado o seu máximo esplendor poucos anos depois da morte do Magnífico, o seguiu na busca do modo de conjugar felicidade natural com moral e fé. O monte de lenha sobre o qual o frade foi queimado na Piazza della Signoria interrompeu a tentativa, momento supremo do Renascimento e marcou o início da era de Descartes, Newton, Adam Smith, Napoleão, cujos desenvolvimentos levaram à catástrofe. Mas o meio que querem

CORAÇÃO DE PAPEL

fazer agora para remediar é intolerável, o controle tecnológico total não vai funcionar. A emenda é pior que o soneto.

Guelfo concordava, não era nem pensável que sobre algo de tão importante ele tivesse uma opinião diferente da de Lorenzo.

— Sim, você tem razão, mas o que podemos fazer?

— Não sei. Mas alguma coisa é preciso fazer, e somos muitos que pensamos dessa forma: boa parte dos sindicatos, setores significativos da Igreja, muitíssimos intelectuais.

— Mas o governo e o parlamento, parece que já decidiram. Ao que dizem, foi uma escolha forçada.

— Porque eles não têm coragem. E, nesse caso, impõem-se ao povo, fazem uma violência contra o povo. Você já se perguntou por que eles não aceitaram o referendo que nós propusemos? Porque têm medo de perder! Então é violência, prevaricação, não é mais democracia.

"Mas imposição por imposição, a coragem de fazer escolhas diversas, mais difíceis, que avancem na direção oposta, eles não têm, isso eles não querem fazer.

"Estamos em uma encruzilhada decisiva. Temos que escolher entre seguir a matilha ou criar um outro caminho, certamente difícil, mas melhor.

— Mas como a Itália pode ficar sozinha, abandonar todas as nações com as quais temos laços seculares e indissolúveis?

— Empobrecendo, logicamente. Mas pense bem: seremos a nação mais evoluída, a mais industrializada, a mais culta entre aquelas que ficaram fora do bolo. No jogo de forças, seremos inevitavelmente o ponto de referência para todo o Terceiro Mundo. Para a África, para boa parte da Ásia. Nossas universidades ficarão cheias de estudantes de lá. Suas classes dirigentes vão se formar conosco. Poderemos então dirigi-los para esse ideal, tão antigo e tão novo. Oposto ao outro. Um desafio, por certo. Mas entusiasmante.

Lorenzo inflamava-se e continuava por horas a fio. Cheio de esperanças, de projetos. Mas as coisas caminharam de outra forma. Inevitavelmente. Acompanhadas de uma campanha maciça de todos os *mass media*, nacionais e internacionais, a favor da solução ocidental.

Lorenzo foi ficando assombrado. Alguns de seus amigos entraram para a clandestinidade. Uniram-se ao Sul, onde aconteceram muitos atentados e se organizava uma resistência armada, usufruindo o apoio do crime organizado, logicamente contrário às novas disposições em matéria de segurança.

Mas unir-se àquela gente o repugnava. Fechara-se em casa e quase não saía mais. Quando chegou a sua vez de implantar o *chip* não se apresentou. No momento não estavam previstas sanções. O sistema se organizava. Mas, praticamente, mês após mês, viver se tornava impossível para ele. Não podia entrar em lugar nenhum. Não podia comprar nada. Ficava horas no computador, comunicando-se com outros, amigos ou desconhecidos, que pensavam como ele, numa resistência tão virtual, quanto estéril.

CORAÇÃO DE PAPEL

Em casa, os pais tentavam em vão convencê-lo a mudar de idéia, mas sem nenhum resultado. Pediam a Guelfo que fizesse o possível, pois sabiam o quanto eram ligados. Mas Guelfo, embora muito mais maleável que Lorenzo, pensava da mesma forma que ele e respondia que a única coisa que se podia fazer era deixá-lo em paz.

Depois, uma noite, Lorenzo saiu, de carro, com amigos que vieram buscá-lo. Não voltou mais. Por volta das quatro da manhã tocaram a campainha. Era a polícia. Duas horas antes Lorenzo e seus amigos haviam ultrapassado uma barreira de controle nas estradas. Perderam a direção do automóvel e chocaram-se contra uma árvore. Lorenzo morreu instantaneamente.

IV

Depois do elementar, Guelfo e Francesca perderam-se de vista. Ele continuou o secundário na mesma escola, ela voltou para Oltrarno. Reencontraram-se no Michelangelo, prestigioso Liceu Clássico da Via della Colonna.

O *Miche*, como era afetuosamente chamado, para Guelfo nunca estivera em discussão. A poucos passos de casa, passara na frente dele milhares de vezes, desde sempre. À inveja e à admiração pelos rapazes maiores, que ele via fora do Liceu, unira-se a certeza de que, um dia, ele também estaria lá.

Guelfo amava aquele velho convento, ainda tão austero e todavia maltratado, apesar da recente reestruturação que finalmente o dotara de um auditório e de uma boa biblioteca.

Caminhava pelos longos corredores de cerâmica antiga vermelha onde, há um século e meio, desfilavam os mil estudantes e os cerca de oitenta professores que constituíam a "força em ação" do Michelangelo.

Entrou no primeiro ano, aos catorze anos. Transpôs a soleira, naquela manhã de setembro, com uma imensa satisfação. *Hic manebimus optime*, disse a si mesmo, logo fazendo bom uso das poucas noções de latim que estudara no verão para impressionar seu novo professor.

Francesca chegou dois anos mais tarde, no terceiro ano, nos primeiros dias de dezembro, na sua infinita jornada pelas várias escolas florentinas.

Guelfo teve dificuldade para reconhecê-la. A beleza de Francesca era uma coisa que brotava de dentro. Nada tinha de tão banal que devesse corresponder à ortodoxia de traços ou a centímetros de pele. Se fosse uma beleza desse tipo poderia perdê-la um dia. Não. Sua beleza tinha raízes profundas, era interiorizada e haveria de ser sua para sempre.

Se manifestava em cada movimento, no tom da voz, no faiscar incessante dos olhos verde-cinza, no rosto nobilíssimo e aberto no qual se podia ler todo o amor pela vida de seu coração corajoso. Era o gosto inato com que escolhia pessoas, argumentos, roupas. Era a beleza de uma bondade intrépida e isso ninguém jamais poderia lhe tirar.

Retomar a antiga intimidade não foi possível. Guelfo, no Michelangelo, depois de um primeiro ano bastante bom, se juntou a um grupo mais agitado e menos brilhante. Passava muito tempo fazendo baderna, mexendo com as meninas, aprontando montes de gracinhas, algumas pesadas. Francesca ficou desagradavelmente surpresa com essa mudança. Não reconhecia mais o antigo companheiro de brinquedos, cheio de energia, sem dúvida, mas de ânimo gentil. Tentara falar sobre isso mais a fundo, mas Guelfo estava sempre no meio dos amigos, naquela fase de adolescência em que se prefere confiar ao grupo a própria personalidade, ainda demasiado incerta.

Certa vez, justamente ela fora escolhida como alvo de mais uma bravata. Seqüestraram-na durante o recreio e o mais maldoso da turma, com aquela percepção infalível que os rapazolas têm para essas coisas, compreendera que Guelfo estava embaraçado, que gostaria de defendê-la. E assim, ao mesmo tempo que a imobilizava com a ajuda de outros dois, decidiu que justamente ele deveria desenhar figuras obscenas a caneta em sua camiseta branca. Guelfo riu, queria deixar pra lá, mas os outros insistiram.

— Você não é homem. Está com medo. O que lhe interessa essa metida?

E então, ele deu um passo à frente e sem olhá-la nos olhos, traçou, com a mão trêmula, rapidinho, signos malajambrados e apressados.

Francesca sentiu-se morrer. Não pela violência, pela afronta daqueles imbecis, mas pela traição de Guelfo, por sua incapacidade de romper o pacto com o bando, por rebaixar-se a fazer um gesto que evidentemente o humilhava.

Naqueles poucos segundos, a caneta de Guelfo se transformou num punhal e a cena, para os dois, altamente dramática. Francesca sentia-se como Annie Girardot, em *Rocco e seus irmãos*, quando era apunhalada no Idroscalo di Milão, um dos filmes favoritos de seu pai, que ela vira num cineclube.

— Guelfo, pare, sou eu — gritou ela com os olhos —, sua amiga, não faça isso, reaja!

Mas Guelfo, justamente, não olhou para ela.

Depois deixaram-na ir, rindo nervosamente e escapando todos juntos. Ela colocou a camiseta pelo avesso, correu em casa para mudar de roupa e voltou para a sala em vinte minutos. Na saída os rapazes aproximaram-se dela novamente:

— Francesca, cadê a sua linda camiseta branca? O que você fez com ela? Guardou para a missa de domingo? Vai ser um sucesso na igreja!

Mas queriam restabelecer de alguma forma o contato com ela, dar a entender que para eles a coisa acabava por ali. Porque, no fundo, Francesca, com sua integridade, com sua inteligência, com o respeito que até os professores tinham por ela, os intimidava. Ela não deu satisfações. Respondeu rindo e zombando deles, ela também. Assim, depois de alguns metros, quando ficou sozinha, Guelfo tomou coragem e parou-a tocando-lhe o braço.

— Francesca, estou feliz que você não esteja com raiva. Sabe, não queria...

Ela desvencilhou-se com um puxão e sibilou-lhe na cara, fitando-o com dois olhos de fogo:

— Você é um covarde. Não vale nada. Os outros não me importam, quase não os conheço. Mas você, eu pensava que era um amigo de verdade. Para mim você não existe mais. Não se atreva a me falar de novo.

E mantivera a palavra. Durante um ano e meio encontravam-se praticamente todos os dias e Francesca o olhava como se em seu lugar houvesse um poste ou ele fosse transparente. Com o tempo, ambos quase tinham feito disso um hábito, mas Guelfo tratava de nunca estar perto dela, evitava-a. Embora muitas vezes a espiasse escondido.

Passou mais de uma semana antes que Guelfo voltasse à escola, depois da morte de Lorenzo. Aniquilado.

A notícia saiu nos jornais e ele tinha a impressão de que todos o olhavam. Os amigos reuniram-se em torno dele.

— Procuramos por você nesses dias, mas em sua casa não tinha ninguém.

— Estávamos no campo, na casa dos meus avós, meus pais queriam ficar sozinhos.

Francesca adiantou-se, no meio dos outros. Depois de tanto tempo, olhou-o outra vez nos olhos.

— Guelfo, sinto muito, mesmo. Fale com seus pais também. Sempre tive uma boa recordação de Lorenzo. De quando éramos crianças e ele brincava conosco. Um menino tão bom, parece impossível.

E ofereceu-lhe solenemente a mão, como quem sela um novo pacto, fecha um parêntese ruim. Ele murmurou um obrigado e voltou para o seu lugar, ainda em estado de choque, seu único desejo era ficar sozinho e longe.

Passavam-se as semanas e Guelfo piorava. Não aparecia na escola com freqüência. Quando ia, fazia o papel de revolucionário. Repetia as idéias de Lorenzo sem compreendê-las e sem acreditar nelas profundamente. Muitas vezes usava as suas roupas. Parecia querer viver no lugar do irmão ou, ao copiá-lo, insistir em mantê-lo vivo.

Naquele ano fariam o vestibular.

O professor de letras achegou-se a ele, lembrando-o, exortando-o a não desistir, apesar da dor. Mas Guelfo não conseguia. As coisas mais simples, como se vestir, sair, caminhar, falar com os outros, custavam-lhe um esforço terrível.

Francesca foi mais uma vez até ele. Depois da "paz" não trocaram mais que alguns ois e muitos olhares.

— Estou sem bicicleta. Pode me levar até em casa, por favor?

— Claro, só que estou sem capacete para você.

— Não tem importância, por aqui não se encontra um guarda nem pagando em ouro.

— Está certo, então eu também não vou usar.

Saiu assim, num jato. Pressentiu obscuramente que dividindo um perigo, poderiam dividir também um destino.

Guelfo arrancou num salto, como sempre, e Francesca, para não cair, agarrou-se a ele. Guelfo sentia suas mãos no estômago, os braços que envolviam seus rins e o contato suave e pesado de seus seios nas costas quando freava. A cabeça de Francesca esbarrava em seu ombro e seus cabelos e seu perfume atingiam-no em pleno rosto. Sentiu uma perturbação tão profunda que precisou segurar com força desesperada o guidom da motocicleta, espantado por não ter caído. E a vida, depois de todos aqueles dias, aquelas semanas de inferno, recomeçou a fluir. Um fluxo, um rio de energia, transbordante como uma hemorragia, que o inundava completamente, da cabeça aos calcanhares, e tornava a subir e o atravessava. E tudo partia daquelas pequenas mãos fortes, daqueles dedos apertados nele.

"Francesca, eu te amo, te amo. Sempre te amei, só que agora eu sei disso."

Esse pensamento único ribombava em sua cabeça e a moto corria. Voava entre os muros das estradinhas estreitas, disparava entre as casas, ou estava parada e as casas precipitavam-se a seu encontro. Guelfo não sabia, não sabia mais nada e sabia tudo. Sabia que podiam acabar esfacelados contra aquele ônibus laranja no fundo da estrada se ele não freasse. E tinha muita vontade de não frear porque, em um instante, sua vida se completara. A moça atrás, aquele ser humano colado a ele, era tudo o que devia defender e sem ela nada valia. Morrer com ela era a coisa mais linda do mundo. Freio? Não! Não freio e tudo acaba. Meus pais, Lorenzo, toda a merda que nos espera amanhã e nos próximos anos, todos os problemas que irão matar esse momento de felicidade tão perfeito.

"E se ela não me amasse?"

Não, ela o amava, estava tão seguro como o ar que respirava, sem nem mesmo ter se virado para olhá-la no rosto. A única coisa de que estava seguro era essa.

O pé freou sozinho, pararam na frente do ônibus e em dois minutos estavam diante do portão da Francesca. Oscilaram em cima da moto agora parada, ofegantes, incapazes de soltar-se.

Deixaram-se um instante e abraçaram-se de novo, em pé, apoiando-se um no outro para não cair, com as pernas que não os sustentavam mais. Sussurravam seus nomes e trocavam pequenos, pequeníssimos beijos, no rosto, no pescoço, nas mãos. Depois Guelfo não agüentou mais e toda a tensão daqueles dias tremendos, daquelas provações tão duras e imprevistas, derreteu-se em lágrimas, em profundos soluços afogados nos cabelos de Francesca. Ela o puxara para dentro do portão. Para cima nas escadas, sempre abraçando-o, até em casa.

— Não, espera, seus pais estão aí, não quero que me vejam assim.

— Não tem ninguém, bobo. Meu pai saiu hoje, isso era uma emboscada mesmo.

Francesca morava nesse apartamento desde que nascera. Um tio que nunca se casara deixou para seu pai, Giovanni. Ocupava todo o último andar de um velho palácio, com muitas janelas sobre a praça e outras tantas para o pátio, para o Borgo Tegolaio. Com uma escada interna subia-se ainda para uma grande sala toda de vidro, o antigo estúdio onde o tio pintava, e que seus pais transformaram em quarto para eles. De lá saía-se para um terraço cheio de plantas, em meio aos telhados.

CORAÇÃO DE PAPEL

Na parte da frente a vida da praça entrava em casa, sem solução de continuidade. Com seus rumores, seus cheiros, o verde das copas das árvores, o amarelo ocre um pouco descascado da fachada da igreja, o perfil elegante do campanário, a pequena cúpula com as telhas em meia-lua da sacristia. A praça vivia intensamente. Dia e noite. Era um mundo, um porto, um mercado.

A casa era cheia de sol. Uma luz que acendia as antigas paredes de cor pastel, rosa, azul, amarela, que Gino, um amigo napolitano de Giovanni, pintara com grande maestria, misturando terra e cores.

Havia muitas coisas de época, quadros, retratos de família, velhos divãs, vasos antigos, mesas de nogueira, cristaleiras pintadas, candelabros de prata. Logo se percebia que aquelas coisas não eram substituíveis, pertenciam ao mundo das recordações. Provinham do passado, das gerações que os precederam e seus proprietários atuais apenas as usavam. Com a tarefa precisa de conservá-las intactas para aqueles que viriam depois deles. Por isso não eram mais simples objetos, mas partes de uma alma coletiva, na qual Giovanni e Francesca viviam imersos, recordando com precisão rostos, nomes, histórias que remontavam ao final do século XVIII. Uma casa burguesa, por certo, mas do tempo em que os valores da burguesia ainda eram "possuir e conservar" e não esse terrível produzir e consumir.

Giovanni empregou toda a vida a reunir as coisas perdidas da família. Foi buscá-las na casa de avós, tios, primos. Ganhando de presente ou pagando o dobro do valor.

Mas a seus olhos não tinha preço poder escrever na escrivaninha de seu bisavô. Repercorrer com a mão as pequenas feridas feitas pelo tempo na madeira antiga. Pensar que outras mãos fariam o mesmo gesto cem, duzentos anos depois. E continuava a aumentar esse patrimônio. A cama, dele e de Laura, e a de Francesca, as cantoneiras do século XVI compradas no leilão de Pandolfini.

Gostava de viver entre coisas que fossem não apenas belas, mas únicas. Detestava os objetos repetitivos, industriais, aquele *design* frio e impessoal que parecia congelar uma sala só com sua presença. Objetos mudos, que era inútil ouvir.

Odiava o use e jogue fora, o desperdício. Não somente das coisas, mas de palavras, de sentimentos, de pessoas. Em um mundo sem alma tudo se tornava supérfluo. Começa-se por jogar fora uma velha cadeira, "de qualquer jeito, consertar vai custar mais caro" e acaba-se trocando de mulher ou de marido. Assim, fazendo por fazer. Para colocar mais ânimo na vida.

Ele, que sempre fora generoso, gastando tudo o que ganhava, redescobrira o valor da parcimônia, de uma vida sóbria, mais exata, elegante. E podia confirmá-lo todo dia com seus pacientes. Gente estressada pelos compromissos, afogada pelos objetos, que durante uma hora o inundava com palavras confusas cujo significado, na maior parte dos casos, ignorava.

— Tirar, tirar, tirar!

Convidava-os a reduzir os ritmos de suas vidas, a dar valor ao que tinham.

— Preste atenção. As notícias, em geral, são sempre ruins, a felicidade está na rotina, para quem sabe colhê-la.

Sustentava que toda a beleza e o equilíbrio do mundo podiam estar em um vaso de flores ou em um velho cântaro, como o pintor Giorgio Morandi demonstrara. E na natureza, sempre.

Um perfume penetrante de flores frescas, reunidas em grandes buquês, permeava todos os ambientes, junto com a essência de *pot-pourri* da antiga farmácia de Santa Maria Novella.

A casa estava cheia de livros. Na grande biblioteca, sobre os móveis, nos quartos, alguns no chão e nos corredores, até nos banheiros. Livros de poesia, ensaios, centenas de romances, todos os clássicos. E todo o *cursus honorum* da cultura marxista, além, naturalmente, dos tantos volumes de psicologia, instrumento de trabalho do pai.

— Você não leu, leu? Pois fez muito bem — disse-lhe Giovanni meses mais tarde, ao surpreender Guelfo que folheava um volume de Marx.

"São uns tijolos, têm um poder dissuasivo, mas às vezes também são fascinantes e há o perigo de se apaixonar e acabar acreditando na sua veracidade. Como aconteceu com muitos amigos meus há muitos anos. Lembro-me de um, muito querido, Guido De Masi. Leu todos eles em alemão. Devem ser lidos como livros religiosos: as pessoas conhecem de ouvir dizer, às vezes até fazem citações, mas no fundo não acreditam. Ou mesmo acreditando, não os seguem. Sabem que não podem segui-los sem arruinar a própria vida. Sem empenhar toda a vida. Nessas teorias absurdas, nessas ideologias, há algo de inatural, contrário à essência profunda do homem. Não se pode querer fazer a vida escorrer dentro desses canais artificiais. Embora, a bem da verdade, até hoje o homem só tenha conseguido organizar uma sociedade em torno da idéia de Deus.

"A pior coisa que o marxismo, o comunismo, fez foi roubar a vida da melhor parte da juventude do século XX. Quatro gerações pagaram um tributo altíssimo a este Moloc, a essa idéia de justiça e igualdade, empenhando-se além de qualquer limite, sacrificando-lhe tudo, na ilusão de criar um mundo melhor: um terrível desperdício.

"Certo, se pensarmos no que aconteceu nos países do leste depois da queda: centenas de milhões de pessoas entregues ao *lumpen kapitalism*. Presas da miséria material e mais ainda da miséria moral. A máfia no lugar do comunismo. Mas, decididamente a democracia, sozinha, não basta. Votar pode ser ótimo, especialmente para povos que nunca o fizeram, mas votar e ponto final de nada adianta. Se uma sociedade não consegue basear-se em valores.

Giovanni tinha uns sessenta anos quando Guelfo o conheceu. Quase nunca saía, levado também por seu trabalho de psicólogo, que ele exercia em casa. Era muito tranqüilizador saber que se podia encontrá-lo sempre, disponível para todos. De fato, Giovanni seguia, já fazia muito tempo, o ensinamento de Voltaire no *Cândido*:

"Convém ficar em casa e cultivar seu próprio jardim." De manhã limitava-se a alguns pequenos rituais, o café da manhã no bar do Ricchi, o jornal na esquina, as compras nas lojas próximas. Seu mundo estava reduzido a poucas dezenas de metros ao redor de casa e ele encontrava-se muito bem assim. Especialmente desde que o tráfego tornara-se todo elétrico. Tudo de que precisava estava ali, a livraria Santo Spirito, que alguns anos antes ele inaugurara com alguns amigos, a feira, os cinemas Eolo e Goldoni, o teatro Goldoni, os pequenos restaurantes dos amigos Bibo e Beppe.

A Piazza Pitti já lhe parecia distante demais, distante sobretudo de sua visão do mundo. Sempre tão cheia de turistas, as *pizzarias al taglio*, aquelas horrendas casas de câmbio. Pelos mesmos motivos, evitava a Ponte Vecchio e a Ponte Santa Trinità durante as horas do dia, só passava por elas de noite, melhor ainda no inverno, quando readquiriam toda a sua dignidade e beleza.

Francesca era a sua vítima para as tarefas que a burocracia e o fato de possuir um código fiscal lhe impunham. Muitas coisas, ele simplesmente não fazia e renunciara há algum tempo a obedecer àqueles tantos convites categóricos que chegavam de tantas repartições públicas. Dera-se conta de que aquilo não matava ninguém. No máximo, recorria ao amigo advogado com escritório a dois passos de sua casa.

— É mais rápido vir até aqui do que atendê-los.

Guelfo era fascinado por aquele mundo tão diverso daquele de sua casa: as sapatarias, o constante vaivém, as brigas, as portas batidas, o telefone ocupado, a televisão ligada, o tempo que nunca dava e o dinheiro de que se falava sem parar. Também a esse respeito Giovanni veio em sua ajuda.

— Veja, Guelfo, você precisa ser compreensivo com seus pais. Tudo o que podiam eles lhe deram, ao modo deles e segundo a cultura deles. E pode acreditar, quando alguém se habitua a um alto padrão de vida, quando tem que levar para casa o dinheiro necessário para satisfazer todas aquelas exigências que então lhe parecem irrenunciáveis, cria-se uma prisão sem barras, mas igualmente terrível.

"Os tão menosprezados donos de loja são frutos dos grandes empresários da época do Renascimento, mas hoje, daquela mentalidade empreendedora, salvo poucas exceções, restou somente a escória. E você pode se dar por satisfeito quando as coisas vão bem, como na sua casa. Muitos têm de fazer das tripas coração para pagar as duplicatas e promissórias no fim do mês, correr atrás dos cheques pré-datados. Posso garantir que nessas condições muita gente faria um pacto com o diabo, e não somente com os partidos ou a maçonaria, como era costume nessa cidade durante muito tempo. Manejar o dinheiro é, como se pode ver, um grande empenho e pode ser perigoso. É preciso levar tudo isso em conta antes de julgar. Sobretudo quando se está habituado a receber um salário do Estado. De resto, hoje a primeira praga é o desemprego e, desde que o mundo é mundo, os únicos a criar postos de trabalho são os empresários.

Guelfo passava cada vez mais tempo com Francesca. Depois da escola, comia alguma coisa em casa e corria para ela. Estavam se preparando para o vestibular juntos e ele logo melhorou.

Tinha longas conversas com Giovanni, que o acolhera muito bem, feliz de ver Francesca assim tão radiante. Era alguma coisa semelhante a uma terapia. Não declarada. Guelfo precisava de ajuda e Giovanni adquirira o hábito de recebê-lo no consultório quando terminava de atender seus poucos pacientes. Ali ele o escutava, enquanto arrumava suas coisas.

O consultório era uma peça grande, na parte de trás, com uma escrivaninha encostada na parede. Estava coberto de livros, objetos, quinquilharias, tanto que as paredes não se viam mais. Havia um velho violino e dois floretes com as respectivas máscaras de luta, a bandeira arrancada de um barco, uma infinidade de soldadinhos de chumbo. Giovanni pendurou na parede até a sua velha bicicleta, que já não usava mais. Um telescópio reinava em um canto e um leito de campanha napoleônico no outro.

Tanto quanto o resto da casa era cuidado e de extremo bom gosto, assim o estúdio era intencionalmente largado, quase como se o proprietário estivesse tão ocupado em destilar sua alquimia que não encontrava tempo para mais nada. Parecia que uma tempestade tivesse amontoado ali, ao acaso, os restos de um naufrágio.

Guelfo entrava na sala um pouco intimidado e muito curioso. Recordava-lhe, sabe-se lá por que, o ventre da baleia de Jonas, e ele já se via com uma vela na mão se preparando para explorá-lo. Parecia estar na idade mítica, quando o magma das paixões estava em plena ebulição e os homens aprendiam a ser homens. Descobrindo o amor, o ódio, a vingança, a generosidade, ainda fundidas e misturadas entre si. Anos depois, repensando aquelas imagens, dava-se conta de quanto eram justas. Naquela sala, Guelfo aprendera a olhar o mundo com outros olhos, a ver dentro de si mesmo. Começara a sua viagem entre as inúmeras voltas do conhecimento, numa busca que ele jamais interromperia.

Sentava-se na poltrona giratória de couro preto. Giovanni o encorajava:

— Você quer falar de quê, hoje?

E dava-lhe as costas, pelejando com seus relógios, suas fichas, as fotografias e uma inumerável quantidade de bilhetinhos escritos numa caligrafia incompreensível. De tanto em tanto, erguia-se para ir ao telefone que mantinha na sala ao lado. Naqueles instantes Guelfo escrutava com maior atenção a desordem incrível daquela sala, tentanto encontrar alguma ordem lógica. Mas não conseguia.

De fato, o escritório era para Giovanni uma representação de seu inconsciente, a parte secreta e obscura de sua vida. Quando saía, fechava sempre a porta a chave. Não permitia que ninguém fizesse a limpeza. Quando estava empenhado em alguma coisa particularmente interessante, ali ficava até por dois ou três dias direto, dormindo vestido algumas horas numa caminha e comendo sanduíches. Sair de seu antro o distrairia, perderia a concentração. Francesca o via reemergir, com a barba longa e os olhos avermelhados.

— E então, o Nobel é para agora?

Mas Giovanni era imprevisível, quem sabe se perdera, partindo da reelaboração de uma velha receita, tipo *cailles en sarcophage*, para acabar na classificação de algumas ervas encontradas nos campos ao lado da estrada velha para Pozzolatico. Ou teria projetado nos seus mínimos detalhes um cruzeiro para Açores, a bordo de seu pequeno barco a vela, previsto para o próximo verão. Portos, atracadouros, ancoragens, milhas, nós, ventos, isóbaros, restaurantes, anedotas, tradições, língua, dialetos e curiosidades do lugar. Viagem que, naturalmente, ele jamais faria.

V

Laura chegara a Florença na metade dos anos 90. Brasileira, vinha do Rio de Janeiro onde deixara para trás um casamento que não deu certo.

Tinha trinta anos. Era arquiteta, embora nunca tivesse exercido, mimada primeiro pelos pais ricos e depois por um marido cirurgião. Escolhera Florença para mudar um pouco de ares, para fazer uma pausa de reflexão: um ano num belo curso de pintura era justamente o que precisava.

Alta, com longas pernas e longos braços, grandes mãos, flexível, de uma beleza lenta e obscura que intimidava e que ela carregava com passo seguro.

O final repentino de seu casamento pegou-a desprevenida. A relação de seu marido com uma secretária insignificante parecia-lhe tão ridícula quanto impossível. Partira em poucas horas, ofendida e orgulhosa demais para aprofundar a questão.

Ao voltar para a casa dos pais, rememorava com estupor o grito que seu marido, humilhado, depois de suplicar-lhe que ficasse, lançara atrás dela.

— Sim, eu errei, mas nunca se perguntou o que você realmente me deu durante esses cinco anos? Esmolas. Você é um ídolo, é incapaz de amor. Uma autista sentimental.

Laura não compreendeu. Como se, tendo a seu lado uma mulher bonita, elegante, culta, perfumada, invejada por todos, fosse preciso pedir alguma coisa a mais.

Laura conhecia todo mundo que importava. Recebia como ninguém, ajudando a carreira do marido. Certo que não quisera filhos, ao menos por enquanto, e ainda bem, repetia-se agora. Amava Carlos? Uma pergunta para a qual sinceramente não encontrava resposta. Não o amava como a Luciano, mas sempre fora irrepreensível, apesar de todos os galanteadores ao redor.

Luciano morrera aos vinte anos em um acidente de caça submarina. Laura não conseguia tirar da mente aquela tarde terrível, em Angra dos Reis.

Luciano mergulhou deixando-a sozinha no barco, tomando sol. Em um minuto retornou oferecendo-lhe uma estrela-do-mar. Mergulhou de novo e emergiu, inconsciente, logo depois.

Estavam sozinhos em uma enseada perdida. Laura içou-o de volta para o barco e começou um frenético boca-a-boca, alternado a furiosas massagens cardíacas. Estavam distantes demais de qualquer hospital ou pronto-socorro. Se queria salvá-lo, teria que conseguir sozinha.

CORAÇÃO DE PAPEL

As tentativas estenderam-se por mais de uma hora. Uma longa, interminável hora desesperada. Por semanas seus olhos ficaram vermelhos de sangue. No esforço de soprar vida no corpo de Luciano arrebentaram-se todos os capilares. Lembrava apenas do canto rouco de dezenas de papagaios nas grandes árvores inclinadas sobre a água ao redor da enseada. No final desmaiara, vencida.

Naquele dia, junto com Luciano, morrera também uma parte de si mesma. E Carlos não conseguiu curá-la. Ela não permitiu. Farta de tanta dor, escolheu, inconscientemente, viver daí em diante na superfície das coisas. Estudou bem, casou-se bem, fazendo tudo da melhor maneira. Segundo as regras. Mas nunca mais afundou as mãos na vida. Nisso Carlos tinha razão.

Refletia sobre isso, ao chegar a Florença, olhando o Arno do terraço do apartamento que alugou no Borgo San Iacopo.

Florença sempre a atraíra. Para ela, o seu Rio de Janeiro era a mais linda cidade do mundo do ponto de vista natural. Em lugar algum se viam aquelas praias brancas, aquelas enseadas tão especiais e a enorme baía com sessenta quilômetros que os portugueses pensaram ser um rio, justamente, Rio de Janeiro, mês em que a descobriram.

Junto a montanhas imprevisíveis, negras de rocha vulcânica, que atingiam oitocentos metros de altura a poucos passos do mar. O Corcovado, o Pão de Açúcar, o Dois Irmãos, a Pedra da Gávea. E uma vegetação única. Mata atlântica que se estendia dentro e ao redor da cidade, criando uma sombra espessa nas estradas com suas folhas grandes e pesadas. Uma floresta tropical que ainda servia de refúgio para muitos animais, com árvores enormes nomeadas pelos índios guaranis: ipê, jacarandá, peroba, jequitibá, umbaúba, juquiri.

Florença era a mais bela cidade construída, sem dúvida alguma. Um hino à inteligência, à harmonia, à racionalidade do formidável Renascimento. Um concentrado inverossímil de arte. Mas que não esmaga. Era possível viver em meio a ela, fazer parte dela. Essa era a coisa mais bonita, o grande segredo. Inteligentemente, os Medici protegeram-na, no século XVII, até do esplêndido barroco. Para não alterar seu equilíbrio perfeito.

Em Florença morava-se com tranqüilidade em palácios que no resto do mundo teriam sido transformados em museus. Tomava-se um sorvete e ia-se ao restaurante em lugares que originalmente foram ateliês de Ghiberti ou de Ghirlandaio.

Leon Battista Alberti teorizava que, idealmente, cada cidade deveria ser a casa de todos e cada casa uma pequena cidade. Isso foi possível em Florença durante muito tempo, e em Oltrarno, onde ela também escolhera morar, ainda era, um pouco.

Giovanni a vira da janela, chegando certa manhã de primavera à praça para montar seu cavalete, quase no centro, de frente para a igreja. Laura usava uma túnica simples de lã azul, leve, que lhe chegava aos tornozelos. Calçava Supergas* de tecido cru, como o chapéu que tinha na cabeça para se proteger do sol.

Giovanni continuou a observá-la fascinado. A figura de Laura enchia o espaço, como se de repente a praça tivesse ficado menor.

Desceu as escadas tomado por uma estranha agitação. Passou perto dela dirigindo-se ao jornaleiro. Voltou e acomodou-se atrás dela, sentado no chafariz, folheando o jornal do qual não distinguia nem as manchetes.

A beleza de Laura o envolvia como um campo magnético. Fitava o desenho de seus ombros amplos, sob o tecido leve, e o pescoço delgado e forte com os longos cabelos negros recolhidos na nuca, dentro do chapéu. Suas mãos, que se moviam com o pincel, cortavam o ar.

Giovanni chegara aos quarenta e cinco anos com uma vida sentimental não resolvida. Depois de alguns amores juvenis, que não deixaram marcas, não mais que doces recordações, apaixonara-se por uma mulher casada com dois filhos. Ficaram juntos doze anos. Uma relação neurótica, cheia de altos e baixos.

Precisou de anos para entender que ela e o marido jamais se deixariam. Mesmo levando cada um a própria vida, formavam a seu modo um casal, uma família. E quem se via cada vez mais só era ele, no Natal, como na Páscoa ou durante as férias.

---
*Marca de tênis. (*N. da T.*)

Giovanni tinha tantos interesses que usava essa liberdade para ler, estudar, viajar. Sobretudo a pé. Se havia uma parte de seu corpo de que ele gostava, eram as pernas. Fortes, infatigáveis. Mas finalmente percebeu o quanto aquela relação era doentia, estéril e conseguiu dar-lhe um fim, encontrando-se sem nada na mão aos quarenta anos de idade. Esvaziado.

Assim, não teve mais nada de sério e se conformou. Havia na vida tantas coisas interessantes que se podia ser feliz assim mesmo. E, no fim das contas, ele não levava muito jeito para o casamento burguês clássico e para os filhos.

Agora, porém, precisava conhecer aquela moça e não sabia o que fazer. Ele a ouvira falar, despachando um outro admirador que tentava atacar usando a pintura como desculpa. Uma voz forte, de tons profundos, que escandiam um italiano já bastante seguro.

Percebera pelo sotaque, com alívio, que não vinha dos Estados Unidos. Não que tivesse algo de particular contra ingleses, ianques, alemães ou escandinavos. Talvez contra os alemães, um pouquinho. Não conseguia perdoar-lhes as duas guerras mundiais e a tragédia do Holocausto. Mas, ao contrário, nutria grande respeito e admiração pela cultura anglo-saxônica e tinha muitos amigos na sempre populosa colônia inglesa de Florença.

Giovanni era profundamente latino e sentia-se à vontade com esses povos e nesses países. Mas não ficaria espantado se embaixo daqueles cabelos louros e daqueles olhos claros de nórdico despontassem as antenas de um marciano. Tão grande era a distância que percebia.

Giovanni era tímido e não sabia por onde começar. Foi tomar um café e falou a respeito com Enzo.

— Como se faz? Ora, se faz direito! Ela interessa você tanto assim? É verdade que é bonita mesmo. Deixa que eu resolvo.

Era quase meio-dia e Enzo mandou preparar uma mesa magnífica junto ao chafariz. Com toalhas brancas, um imenso ramo de açucenas brancas compradas num segundo na banca de flores, vinho, pão, favas, queijo de cabra, presunto, frutas.

Mandou vir a mulher, Andrea, o horteleiro, Giada, da tabacaria, um casal de clientes que estavam bebendo no bar, dois antiquários e um dourador. Mal soou o meio-dia, Enzo falou:

— Pois hoje, 24 de abril, é dia do Espírito Santo, festa da praça. Conforme comemoramos todos os anos. Meus cumprimentos. A senhorita bebe alguma coisa conosco?

— e colocou-lhe nas mãos uma taça.

E depois, baixinho, para Giovanni:

— Não se faça de bobo: depois venha pagar!

Laura não tinha como recusar e aceitou contente, aliás. A vida inteira, recordou aquele momento com grande alegria. Ela se tornara florentina.

Giovanni não era bonito. Nunca ligou para isso. Mas tinha o seu charme. E uma conversa estimulante que encantava. Podia falar por horas a fio. De qualquer coisa. Séria ou leve. As pessoas ouviam aquela sua voz magnífica sem se cansar. Era um dom que ele sabia que tinha. Muitas vezes, diante dos mais diversos problemas, dizia aos amigos: "Deixa que eu falo." E era difícil que não conseguisse convencer.

Giovanni falou com Laura durante dois meses inteiros, sem deixá-la um instante sequer, perdido em seu olhar que lhe roubara o destino. Saía com ela, girando por Florença, em longos passeios nos arredores. Para jantar em qualquer parte. Com um entusiasmo contagiante. Sem coragem de lhe fazer uma proposta.

Por volta do fim de junho, foi Laura quem pediu:

— Você não quer me levar à Sardenha? Nunca fui... Todos dizem que é muito linda.

— Fantástico! Quer ir de veleiro?

O *E o vento levou* foi a Porto S. Stefano. Um velho barco de madeira com pouco mais de nove metros. Cheio de glória e nada confortável.

Passaram-se dez dias. Duzentos e quarenta longuíssimas horas de sol, mar, vento, sal, *spaghetti* de todos os jeitos, natação. Velas ao mar em Bocche, com a borda do barco na água e os pés apontados para o poço, o leme seguro com força a quatro mãos e os braços tensos.

— Cuidado, está virando, recupera, recupera!

À noite ancorados em pequenas enseadas, longe de todos, perfeitamente sós.

Francesca nascera ali. Depois de nove meses, justamente quando passava o cometa Hale Bopp.

E Laura renascera. Reunira de volta os fios esparsos de sua vida. Finalmente rompera-se a pedra que lhe apertava o coração há mais de dez anos.

Voltando a Florença foi ela quem perguntou:

— Na sua casa ou na minha?

Considerava natural que depois de dez dias já não se pudessem deixar.

— Onde você preferir, mas amanhã eu me mudo para a sua casa e você, arquiteta, começa a arrumar a nossa casa. Agora ela precisa receber uma família.

Depois de quinze anos Laura decidira partir. Uma escolha longa, difícil, consciente, sofrida. Uma decisão na qual ela sabia que estava jogando tudo. O que não conseguia perceber é que se encontrava prisioneira de um mecanismo perverso, ao qual nada podia resistir. Com Giovanni, falaram disso infinitas vezes. Longas, extenuantes discussões, quase sempre noite adentro, quando Francesca dormia.

Certo dia, ele trouxera para casa o vídeo de um velho filme, um clássico de ficção científica, *O planeta proibido*. Era a história de uma missão espacial enviada para buscar os restos de uma outra expedição, da qual nunca mais se tivera notícia. Chegando ao tal planeta, encontraram os únicos sobreviventes: o cientista que liderava a empresa e sua jovem filha, que contaram como um monstro invisível assassinara todos os outros astronautas. Agora, já há muitos anos, parecia aplacado. Mas com a chegada da nova astronave, os delitos recomeçaram. O monstro, pura energia, ia matando um por um. No final, sobram apenas o professor, a filha e o capitão, encurralados em um *bunker*.

O professor fecha as portas de segurança dizendo:

— Agora não precisamos mais nos preocupar, essas placas de metal especial resistirão a qualquer choque, a qualquer temperatura.

E o louro capitão, em seu brilhante macacão anos 50, grita:

— Mas você ainda não entendeu que o que alimenta as energias do monstro é a sua mente, professor, o seu inconsciente? O senhor tem medo de perder a sua filha para um outro homem e criou este monstro com o seu pensamento, sem se dar conta. Nada pode resistir. Nem aço nem armas. O senhor é responsável por todas essas mortes.

E o professor entende, finalmente, e, desesperado, se mata, destruindo também o monstro. Assim, a filha e o capitão América podem viver felizes para sempre.

No final do filme, Laura perguntou:

— Bonito, mas não entendi o que tem a ver comigo. Com certeza não pretendo matá-lo para impedir que fique com Francesca.

— Não, Laura, não é essa questão e não me surpreende que você não compreenda. Está mergulhada até o pescoço e sua parte doente tende a se defender.

"A questão não é se você me ama ou não. Embora esse seja, é lógico, um ponto essencial. É que ninguém pode fazê-la feliz, nem eu, nem Francesca, nem ninguém, se você não se ajudar a si mesma.

CORAÇÃO DE PAPEL

"Poderia viver na casa mais bonita, ter dinheiro em abundância. Sonharia então, talvez, em fugir com um marinheiro grego para viver de brisa em uma ilha deserta.

"Esse seu ego negativo desencadeia, contra qualquer um que viva com você, uma tal pressão que é impossível resistir. Esse é o monstro do filme que abate qualquer obstáculo. Não há vida real, por mais esplêndida, que seja suficiente. Tudo é triturado e sofre o processo de fagocitose.

— O que devo fazer então? Matar-me para matar o monstro? Já pensei nisso, sabe, mas não me parece uma grande idéia.

— Isso é certamente o que ele quer, antes isso que ser esmagado ou morrer por si só. Estou falando por metáforas. Mas até um certo ponto.

Mas de nada adiantou. Laura tomara a sua decisão. Com a morte no coração. Junto com o orgulho e o desespero de ser amada por um homem extraordinário como Giovanni e de não amá-lo. Ou de não amá-lo mais. O afeto resistira, a cumplicidade, a estima, mas o amor acabara, quase de repente.

Laura começara, nos últimos anos, a se sentir inútil. Com Francesca na escola até as cinco, Giovanni satisfeito, realizado, imerso em seu trabalho, dias e dias envolvido com seus múltiplos interesses. Todos vivendo uma vida plena, só ela quase não tinha mais nada a fazer.

A manter a casa ela nunca se habituara e o fazia de má vontade. Tentou trabalhar. Mas aqui seu diploma não era reconhecido. Teve de se contentar com alguns jardins.

Voltava para casa todo mês de agosto e todo Natal. Giovanni nem sempre podia acompanhá-la. A bem dizer, encontrava de vez em quando uma desculpa para não ir. Não que não gostasse do Rio, como poderia! Mas sentia que havia ali alguma obscura ameaça. Alguma coisa lhe dizia que um dia Laura poderia voltar para sempre.

— É a sua casa, seus pais que a vêem tão pouco. Seus amigos. Pode ir tranqüila: eu acho bom...

Três anos antes seu pai ficara doente, gravemente doente. Laura teve que partir às pressas, sozinha. Francesca tinha aula. E ficou três meses. Levando a mesma vida de antes. Servida e resservida pela numerosa criadagem: o café da manhã, que ela já encontrava servido à beira da piscina, a vista do mar no fundo e os beija-flores que paravam no ar para sugar o néctar das flores multicoloridas.

O pai melhorava. Laura também, se pegava cantando enquanto se arrumava.

Uma moça. Saía com as amigas e comprava vestidos magníficos. A mãe tinha crédito ilimitado em toda parte. Passava horas no salão de beleza se arrumando, tagarelando, rindo como uma louca de todas as fofocas que não conhecia. "Quem casou com quem, quem deixou quem, quem trepa com quem." E em toda parte sentia uma censura velada. Até na manicure.

— Mas, Laurinha, o que faz você na Itália? Logo você, com todo o dinheiro que sua família tem. Olhe para essas mãos: parecem mãos de garçonete. Não dá para entender.

O fato é que Giovanni não agradava muito. Desprovido de sua melhor arma, a conversação, que em outra língua perdia muito, não sobrava muita coisa aos olhos dos cariocas.

Não era rico, não era nobre (todos os italianos de um certo tipo tinham de ser, para os brasileiros, pelo menos condes), e nem era alto. E levara Laura embora o que, honestamente, tinha sido uma grande perda para o Rio.

Além disso, ele sentia um certo desprezo intelectual, que não conseguia esconder totalmente, por aquela classe rica, freqüentemente ignorante, falsa, amante do luxo e do supérfluo como ninguém.

Em vez de sair com os amigos de Laura, Giovanni preferia andar pelo Rio sozinho. A única metrópole que conhecia onde ainda existia, em muitos bairros, o espírito de cidade do interior. Era possível viver com grande tranqüilidade, por mais absurdo que possa parecer. Ao longo da praia, povoada por todo tipo de gente. Nos mil botequins, nas transversais do Leblon e de Ipanema. Com a melhor cerveja do mundo. Sempre geladíssima. E o cheiro de carne na brasa, de cebola frita, de bolinho de bacalhau a toda hora do dia e da noite. E os sucos de fruta inacreditáveis, densos, coloridos: manga, maracujá, fruta-de-conde, caju, goiaba. Uma música extraordinária saída de milhares de rádios que pareciam escondidos no ar.

Giovanni passava semanas de chinelo e calção de banho, com uma toalhinha nas costas e algum dinheiro enfiado num bolsinho minúsculo. Perdia-se observando aquela humanidade tão diversa. Aquele incrível cruzamento de raças. Vendo a mais negra miséria ao lado da riqueza mais ostentada. Sem destoar.

Ficava extasiado com a graça do povo brasileiro. Com a alegria com que suportavam trabalhos duríssimos, com o toque leve com que roçavam os males da vida. Apesar da violência, da desigualdade, das poucas expectativas no futuro, da exploração secular por obra dos portugueses, como o resto da América Latina sob os espanhóis. Um povo que, como dissera justamente Burle Marx, o grande paisagista, não conhecia nem Leonardo nem Dante nem Bach nem Chopin.

Um povo sofrido, cheio de dor, mas que conseguira desenvolver uma idéia própria de beleza. Uma harmonia que explodia no carnaval, nas roupas, nos modos de falar e de se mover das moças, no samba. O filme *Orfeu negro* era um exemplo admirável disso.

Uma beleza natural que Giovanni reencontrava ao falar com as pessoas, ouvindo-as cantar a última melodia acompanhando-se com duas latinhas vazias, assistindo a partidas de futebol e futevôlei na praia. No gesto do menino negro que abria um coco gelado, batendo rápido com o machete e oferecendo-o na palma aberta da mão:

— Pronto, senhor!

Sentia-se tão bem que às vezes voltava para casa noite alta, ainda de calção. Adorava aquele ar quente, tropical, batendo em seu rosto. Laura nem esperava. Deixava um recado para encontrá-la na casa de um ou de outro.

Francesca, de pijama, o chamava à razão, reprovando:

— Se você visse como a mamãe estava furiosa!
— Não tem importância, tesouro. Amanhã eu levo você para um passeio comigo. Vamos à praia e ao Jardim Botânico. Vamos nos divertir como loucos. Olha o que eu aprendi hoje, canta comigo: "Vai meu irmão, pega esse avião, você tem razão de correr assim desse frio..."

E batia o ritmo com as mãos na mesa colonial da sogra, ganhando, ele sabia disso, o seu desprezo e o comentário feito à filha na manhã seguinte:

— Laura, este seu marido não presta!

Vinha daquele tempo a amizade com Sandro, romano auto-exilado no Rio há vinte e cinco anos. E cuja única preocupação na vida parecia ser atingir a perfeição em algumas saladas feitas misturando hortaliças locais e mediterrâneas. Além do xarope escocês dos senhores Justerini e Brooks, do qual bebia doses industriais.

Giovanni conquistou-o trazendo-lhe todo ano, no Natal, um azeite recém-saído do lagar e acompanhando com grande participação seus cultivos de manjericão, tomate, rúcula, saladas verdes, chicória que Sandro plantava em grandes bacias em seu terraço. Guardadas por um tucano com seu inacreditável bico amarelo.

— E então, como estão esse ano?

Sandro perguntava com o ar absorto do plantador, como se tratasse de milhares de hectares de café ou cacau.

— Muito bem, sem dúvida. Parece tudo delicioso.

— Você só diz isso para me agradar. Não sente que o sabor não é o mesmo? Que esse manjericão, com essas folhonas, não chega nem perto do nosso? Apesar de todos os meus esforços. Em alguns vasos coloquei até terra das plantações dos arredores de Roma, que um comandante da Alitalia me trouxe nuns saquinhos. Quase que ele é preso por contrabando de droga. E os tomates! Estupendos por fora, aguados por dentro.

— Para mim parecem bons.

— É o óleo, o óleo de oliva. Com esse seu óleo até uma sola de sapato ficaria boa. É certo o provérbio: *Brasile paese di fiori senza odore, di frutta senza sapore, di donne senza pudore.**

— Este é um velho provérbio estúpido da época da primeira emigração italiana: assim mesmo me parece que você o desfruta muito bem, especialmente no que se refere a mulher. A julgar pelo vaivém que vejo por aqui.

— Pedagogia, Giovanni, pedagogia. Estou comendo as filhas e sobrinhas daquelas que eu freqüentava quando cheguei. Como sou um cavalheiro e sempre as tratei beníssimo, a todas, de vez em quando me trazem uma: "Doutor, temos essa moça lá em casa, fique um pouco com ela, lhe ensine alguma coisa. A comer, a se vestir, a falar. Tem bom caráter, vai manter sua casa em ordem."

— Eu sei bem o que é que elas mantêm em ordem!

— Giovanni, você me admira. Para muitas dessas desesperadas a única alternativa seria a rua. Pode acreditar: estão muito melhor aqui. No ano passado realizei a minha obra-prima. Lembra daquele príncipe romano que

---

*Brasil país de flores sem odor, fruta sem sabor, mulheres sem pudor. (*N. da T.*)

passou algumas semanas hospedado aqui e que te apresentei? Pois bem, agradou-se da mocinha que trabalhava aqui em casa, Paula, aquela mulata simpática. Um mês depois de partir, me telefona e pergunta se posso mandá-la para Roma por algum tempo. Naturalmente, ele providenciaria tudo. Dito e feito. Muito bem. Agora ele se casou com ela! Fantástico, não? Diretamente da favela do Vidigal para a nobreza romana, com palácio, porteiro, motorista. Paula será a rainha, a santa, de milhares de brasileiras que se foram atrás de bombeiros, aposentados, padeiros, agentes de comércio italianos, a emigração do caralho. Como *talent-scout* sou melhor que Pigmaleão.

— Não tenho o que dizer.

— Vejo que você não aprova.

— Não se trata disso. Mas eu tenho uma outra idéia da relação com as mulheres, aliás com uma mulher.

— Olha, Giovanni, pode acreditar, de mulher você entende pouco. Ouça quem entende. Eu era como você. Bela casa, bela mulher, escritório. Um mosaico com todas as etiquetas no lugar certo. Depois, quando meu pai morreu tão jovem, eu tive um trauma. Perguntei-me o que significava toda aquela pantomima, quem me obrigava a ela. Fugi para a África, para o Senegal. Quem encontrou meu rastro foi a Igreja, depois de três anos. Dois missionários, saídos sabe-se lá de onde, em um jipe me entregaram a sentença de anulação da Sacra Rota, obtida pelo tio cardeal de minha mulher. Desde então vivo como você sabe e estou muito bem. Tanto, não vale a pena, nada vale a pena.

E então tento colher o instante. A essência do viver pode estar em uma salada bem-feita ou entre as pernas de uma desconhecida, em seu suor, em seu gemido rouco. No instante está tudo. Um diamante puro de sete luzes sempre diversas. Como as mulheres.

— Um prisma afogado em uísque, Sandro, um engano.

— Tudo é engano, Giovanni. Eu sei que você pensa que estou jogando a minha vida fora nessa *bohème* de baixo nível, patética para um homem de cinqüenta e sete anos. Mas eu garanto que na minha vida a tragédia supera em muito a comédia. Embora às vezes se misturem. Tenho gota, cirrose, dificilmente consigo amarrar os sapatos. Vivo da generosidade de minha mãe que hoje em dia inventa pretextos para mandar-me dinheiro sem me humilhar. Alguns amigos italianos me dão uma mão, confiando-me a decoração de alguma parte de suas casas. Pouca coisa. E têm razão, porque muitas vezes pego um adiantamento e não entrego o trabalho. Imagine que quatro anos atrás organizaram uma exposição de todos os cheques que tinham trocado para mim e que eu não paguei. Todos emoldurados. Pequenas obras-primas. Alguns raríssimos; um *Banco Nacional* de quando eu acabara de chegar, muitos *Itaú*, alguns do *Banco Francês-Italiano*, que não existe mais. Tinha até um Sandro do período rosa, um *Bradesco*, que tinha, justamente, cheques cor-de-rosa.

"Aprontei coisas incríveis com eles, como aquele jantar de Natal, com você, Laura, Silvano e Claudio: eu cheguei às duas da manhã completamente bêbado e atentei contra as virtudes da cozinheira. Ou quando joguei o embaixador na piscina junto com outros sete convidados de um almoço oficial.

— Eu gosto daquela cena do transportador piemontês que nos convidou e serviu *Veuve Cliquot* a noite inteira, celebrando sua qualidade e preço. Pois você foi logo dizendo que, visto tratar-se de um grande conhecedor, poderia encontrar para ele algumas garrafas muito raras de *Monsieur Cliquot*, do tempo em que ainda estava vivo o marido da viúva. E ele foi logo te dando mil dólares!

— Ah, que piada! Que imbecil! Mas no fundo me toleraram porque gostam de ter-me em suas casas. Sou um dos poucos italianos bem-nascidos da colônia do Rio. Tudo gente vinda sabe-se lá de onde para tentar a sorte. Que muitas vezes desaprenderam o italiano sem aprender o português. Toda vez que há um jantar importante me pedem ajuda. Enlouquecem com as minhas amizades romanas, que de vez em quando vêm me encontrar. Especialmente quando são nobres ou gente do cinema.

— Com certeza, ninguém pode dizer que você não é divertido.

— Pois é. Já tenho pronto o meu epitáfio:

DE TÉDIO NÃO FOI

"Fica lindo numa lápide. E pode acreditar, é melhor assim. Palhaço até o fim. É preciso ter coerência. Não se iluda, você também. Nem sobre a sua magnífica Laura, que me detesta. Ela, tão perfeita.

— Ela diz que você tentou beijá-la na segunda vez que viemos jantar aqui, lá embaixo na cozinha.

— Um gesto de afeto com você, Giovanni, depois dos habituais seis uísques de aperitivo. Uma inspiração repentina, e o pescoço dela é certamente mais atraente que o seu. Nada de erótico. Ainda bem que você entendeu, ou não estaria aqui.

— Claro que entendi e não só isso. Não te julgo e, aliás, se tivesse que emitir um juízo provavelmente seria lisonjeiro, já que passo mais tempo aqui do que na casa de meus sogros. Mas sinto muito. E sempre esse uísque: uma obsessão.

— Como dizia Vinicius de Moraes, nosso poeta que virou rua depois de morto:

> Se o cachorro é o melhor amigo do homem,
> o uísque é o cachorro engarrafado.

"Vamos, vamos fazer essa salada e depois daremos uma volta. Que livros trouxe este ano?

— Luzi e Bigongiari, os florentinos, os últimos. Visto que você só lê poesia. Muito bons. Não sei se são aqueles que Pratolini esperava quando invocava que dos ventres de nossas mulheres nascesse finalmente o poeta com todos aqueles atributos que Florença vem esperando há séculos. Acho que ele pensava em um novo Dante. Mas Dante não se repete. Porém esses têm muito valor, sem dúvida...

— Confio em você, como sempre. Sobretudo depois que me trouxe os *Quatro quartetos* de Eliot, que eu não conhecia. Que maravilha! Ah! sabe aquele seu amigo pintor que veio no verão passado? Bom de copo, por Deus! Escreve poesias, nada mal. Uma delas ele deu à luz bem aqui em casa. Começa assim: *Cammino a piedi nudi/ su lunghe spiagge nere/ coperte di fiori/ e pesci mi nascono fra le mani.**

Dia após dia, Laura acabara aceitando a corte de um sócio de seu irmão. Um financista recém-divorciado. E a história continuava a cada vez que ela voltava, por seu lado mais por divertimento que por paixão. Ultimamente ele vinha encontrá-la todos os meses em Roma, no Hotel d'Angleterre, onde passava alguns dias e ela vinha encontrá-lo com alguma desculpa.

Agora finalmente se decidira. Mas não pensou que Francesca talvez não quisesse acompanhá-la. Era uma coisa que ela sempre dera como certa, onde a mãe vai, vai a filha, talvez porque já estivesse pensando naquela volta há alguns anos, quando Francesca ainda era pequena e não teria escolha.

Até dessa vez foi Giovanni quem a ajudou. Convenceu-a de que, de todo modo, não seria nada de definitivo. Que seria bom deixar alguma porta aberta. Recorreu a todos os enganos que usam os que se separam.

---

*Caminho de pés nus/ em longas praias negras/ cobertas de flores/ e peixes me nascem nas mãos. (*N. da T.*)

— Será um período de experiência, talvez nos ajude a esclarecer as coisas. Depois, com calma, decidiremos.

Laura fez de conta que acreditava, e naquele momento realmente acreditou, assim como ele. Não fosse isso, a dor de fechar de um só golpe todos aqueles anos seria demasiadamente forte: totalmente insuportável.

Passaram os últimos dias sem quase sair. De noite na cama, abraçados, mudos. E no entanto, Giovanni, justamente, se deu conta de que ela não podia ficar. Pelo menos naquele momento, naquelas condições. Ele teria em casa um zumbi. A única esperança de reaver Laura, a Laura linda, vital, estimulante era consentir em perdê-la. Dar-lhe coragem, que ela agora não tinha, de partir.

Lembrava uma das primeiras coisas estudadas em psicologia: "É preciso concordar com a própria morte para renascer das cinzas."

Assim, marcou o vôo, comprou o bilhete, fez as malas, acompanhou-a ao aeroporto.

Francesca passou os últimos dias quase sempre no quarto, depois de voltar da escola. Até quando estavam indo para Fiumicino, ficou sentada atrás lendo um livro com o *walkman* no ouvido, coisa que nunca fazia. Teria, com prazer, desistido de tudo aquilo.

Laura, apesar dos vários tranqüilizantes, à medida que se aproximava a partida, desmoronava. Não conseguia fazer nada, as coisas caíam de suas mãos, as lágrimas escorriam sem que ela se desse conta.

CORAÇÃO DE PAPEL

Na manhã da partida quis levar Rodrigo, o vira-lata, para um passeio, só os dois. Giovanni não queria, estava preocupado com seu estado. Mas ela foi irremovível. Recolheu as últimas forças e chegou ao Forte Belvedere, o passeio habitual, tantas vezes feito. Parou num banquinho diante de Florença.

Era uma manhã de junho e a cidade estava tão bonita, com seus palácios cravados na terra, sólidos, orgulhosos, que Laura, em seu estado de sensibilidade exasperada, não conseguia respirar. Abraçada ao cão, escondendo o rosto no pêlo encaracolado, se reviu chegando, tantos anos atrás. Reviu o encontro com Giovanni, o amor, o nascimento de Francesca. O seu tornar-se adulta, uma mulher de verdade, uma pessoa. Tudo como uma vertigem.

"Deus, meu Deus, afasta de mim este cálice. Que bom seria morrer agora, deixe-me morrer aqui, agora. Não consigo mais continuar."

Rodrigo lambeu seu rosto e Laura se deixou cair na relva cheia de margaridas, com os olhos fechados.

Com certeza seria mais simples jogar-se da muralha. Um segundo e tudo estaria acabado. Olhava os cimos das árvores e sentia-se morbidamente atraída. Não, só lhe faltava isso. Seria realmente um belo presente para Giovanni e Francesca. Eles não mereciam. E tudo por causa de sua neurose, suas pulsões de morte, herdadas da mãe histérica, sua insatisfação de fundo, seu egoísmo. Problemas graves, que por toda a vida a acompanharam, que pensava ter vencido, quando na verdade só os tinha adiado durante aqueles anos todos.

— Será possível que eu não tenha conseguido construir nada? Que comi, dormi, fiz amor, tive um filho, ri, chorei, sonhei, durante quinze anos com um homem e não consegui construir nada! Que todos os tijolos que fui colocando dia após dia se perderam, se esfarelaram, afundaram na lama. Não tenho fundações, não tenho base, sou uma desgraçada.

De algum modo conseguiu chegar em casa. Era tarde. Giovanni a esperava na esquina. Correu a seu encontro, solícito. As malas já estavam no carro. Laura deu um pulo em casa para ir ao banheiro e deixar o cachorro.

Pousou o olhar pela última vez na casa, construída com tanto amor. Nas mil coisas que acumulara dia após dia. Com esse último olhar tentava levá-la consigo. De novo, a lembrança daqueles anos começou a passar diante dela, lavrando sua alma com o arado afiado.

Descera devagar, segurando-se no corrimão, fazendo um esforço a cada degrau porque suas pernas a tinham abandonado. No adro, apoiou-se à parede, repentinamente sentiu vontade de vomitar, mas não conseguiu. Respirou forte, a fundo, duas ou três vezes, colocou os óculos escuros e deu os poucos passos que a separavam do carro. Não abriu mais a boca até o momento de despedir-se de Giovanni.

— Giovanni, vem comigo, eu te peço — e sua voz lacerou-se na última sílaba.

Ele sacudiu a cabeça, sorrindo tristemente.

— Vá, pode ir. Francesca está com você. Depois, se quiser, poderá voltar até em dois dias, eu estarei aqui esperando, mas agora precisa ir.

Laura sabia que não ia voltar, que era o fim. Por isso estava tão desesperada. Como machucava, como era duro. Já estava dentro do portão quando se virou mais uma vez:

— Amor, o que vai restar de nós?

— Uma fraternidade, para sempre.

Fora demais, para ele também. Ele a vira desaparecer. Terminara a sua tarefa. Agora podia pensar em sua dor. Dirigiu com calma até Florença. Orvieto, Arezzo, Incisa. As placas escorriam à sua frente, iluminadas pelos faróis, despertando-o por um segundo de seus pensamentos.

Entrou na casa não sabendo o que fazer. Sentindo-a pela primeira vez vazia, estranha, inimiga. Estava esgotado, mas absolutamente desperto. Ali teria de viver de agora em diante, sem Laura, sem Francesca. Tirou, depois de quinze anos, os dois travesseiros dela da cama. Travesseiros de plumas. Macios demais. A grande cama de ferro pintado, com seus anjos e nuvens, lhe parecia amputada. Dava a impressão de um patíbulo. Até os lençóis eram frios e hostis, como que colados, duros de se abrir. Giovanni alongava as pernas, perdido naquela cama de um momento para outro grande demais, onde não encontrava mais que sua solidão. Mandou subir Rodrigo, surpreso com aquele presente inesperado. Tentou ler. Sem conseguir. Resolveu tomar um sonífero-bomba.

O telefone tocou de repente:

— Alô, pai. Sou eu, Francesca, chegamos agora, o vôo foi bom. Estamos na casa da minha avó. Espera, te passo a mamãe.

As poucas palavras, doces e afetuosas, de Laura foram suficientes para fazê-lo entender, pelo tom e por certas levíssimas nuances que transformam cada apaixonado em uma máquina perfeita da verdade, que para ela o pior já se passara. Estava em casa e já tinha começado a recuperação, lenta mais segura, que a afastaria dele sem remédio.
Sim, agora era ela quem o consolava, quem lhe dava coragem. Em poucas horas os papéis se inverteram. Sim, ela voltara para casa. Agora tinha uma outra. Mas para ele a sua casa, a casa deles era aquela, onde viveram juntos. Ele não tinha outra para pôr no lugar.

Francesca voltara antes do tempo. Depois de pouco mais de um mês. Ao chegar, encontrara Giovanni mudado. Como se tivesse tido alguma doença grave. Laura levara com ela o seu sorriso, aquele pouco de juventude que ainda lhe restava, a sua alegria de viver.
Francesca deixara um pai que mal aparentava os cinqüenta anos e na volta encontrava um homem de sessenta, que tentava inutilmente esconder a própria tristeza. Seu olhar era diferente, a voz, até o modo de caminhar. Isso fizera com que o amasse ainda mais.
As últimas dúvidas sobre onde viver, se deveria seguir a mãe, todos os cálculos interesseiros que fazem os jovens quando os pais se separam, desapareceram quando o viu. O grito: "Papai, papai", acompanhando o pulo de alegria, morreu-lhe na garganta. De repente, começou a se envergonhar de seu maravilhoso bronzeado, dos braços cheios

de presentes, dos vestidos novos, do chapéu, das pulseiras coloridas. Nos poucos metros que os separavam, enquanto o funcionário da alfândega marcava com giz a sua mala, liberando-a, Francesca esquecera as festas, a praia, todas as vantagens que a fizeram balançar, e aquela cidade tão intrigante.

Ela tomara, pela primeira vez, em seus braços de jovem mulher, o corpo daquele homem que se abandonava, apertando-o longamente e com ternura.

Sussurrou-lhe ao ouvido:

— Voltei, agora estou aqui, não se preocupe. Somos dois agora, vamos conseguir.

Nascera assim uma nova relação, de plena paridade. Francesca, apesar de seus quatorze anos, assumira em pouco tempo o controle da casa. Giovanni deixava, de bom grado. Nunca fora capaz de desentupir uma pia que fosse. Trocar uma lâmpada lhe parecia um milagre. De vez em quando, Francesca o censurava pela desordem, pelos pacientes que fumavam na salinha. Depois começava a rir com seu tom de esposa.

Organizara a casa de maneira perfeita, comandando as várias diaristas, italianas ou filipinas, com consumada experiência. Depois de um ano, encontrara Rina, que morava a dois passos deles, na Via Maffia.

Aposentada há pouco tempo, Rina era um mundo de sabedoria, de experiência, de histórias. Sabia tudo de todos. Mas todos gostavam dela. De uma energia antiga, contínua, estava de pé e se mexendo das sete da manhã às onze da noite, quando regularmente se deitava. Ficar uma hora sem fazer nada lhe parecia não somente impossível, mas um desperdício de vida. À noite, diante da televisão, costurava ou fazia tricô. A quantidade de coisas que podia fazer sem se afobar durante um único dia era impressionante.

— Mas o que você acha. Deixa, deixa que eu faço. Leva mais tempo pra explicar que para fazer.

Viúva com três filhos, todos bem colocados e independentes, alugava dois quartos para estudantes estrangeiros e agora trabalhava para Francesca. No início se espantara com aquela menina-patroa, mas depois, pouco a pouco, conquistaram-se uma à outra. Francesca lhe passou todos os encargos e responsabilidades e recomeçou a viver como uma menina de quinze anos.

Com Francesca, Guelfo também enfrentara o mistério de Deus. Francesca freqüentava os escoteiros desde os onze anos. Mas sem grande empenho. Mais para seguir um grupo de amigos da escola média do que por convicção própria. Gostava dos uniformes coloridos com distintivos e dos longos passeios pelo monte. Que aprendera a amar com o pai.

A crise de seus pais suscitou nela um sentimento religioso. Permanecera forte, íntegra, mas à noite rezava desesperadamente para que sua mãe não fosse embora. E, depois, para que voltasse. Vivera a separação com um forte sentimento de culpa. Talvez a mãe tivesse ido embora porque ela não era tão boa ou porque não gostasse dela o suficiente.

Giovanni a deixava seguir. Se confrontava desde sempre com a existência de Deus, menos em alguns anos de sua juventude quando foi, como todos, vítima do niilismo. Porém, como Santo Agostinho, desconfiava de uma fé cega, para ele também a fé era um mistério a ser desvendado, algo a questionar diariamente, confrontando as suas eternas perguntas. Para conquistá-la com paixão e dor. Amava Agostinho, redescoberto nos encontros organizados de padre Ciolini no convento de Santo Spirito, onde era prior há muitos anos, para culminar com a frase sublime, que o comovia cada vez. Deus se fez homem, o que será o homem se para ele, Deus se fez homem? Luminosamente ateu desde sempre, não se preocupara muito. Essa substituição da mãe por Nossa Senhora lhe despertava ternura. Francesca sofrera muito. Era melhor deixá-la usar todos os meios que quisesse para reforçar suas defesas. Como as suas estranhas penitências. De repente, deixara de comer chocolate, que sempre adorara, e começara a doar sangue. No fundo, agora, sendo maior, Francesca privilegiava todas as atividades dos escoteiros ligadas ao voluntariado, à solidariedade.

Tinha um talento especial para cuidar dos doentes, dos diferentes. Perto dela até os lobos se transformavam em anjos. Ia regularmente ao centro Arcobaleno, na Via del Leone, fundado muitos anos atrás por Eugenio Banzi, um homem extraordinário, amigo de Giovanni, morto muito jovem de um ataque de coração. Um coração que Eugenio nunca economizara. Um grande coração. Pronto para receber a todos. Pode-se dizer que Eugenio morrera de amor. Mas seu trabalho continuava. O Arcobaleno era uma realidade cada vez mais importante em toda a Toscana.

VI

O bairro de Santo Spirito está acomodado, a sudeste, sobre a colina de Boboli. Contraforte e muralha ao mesmo tempo, a colina foi decisiva para conservar a união do Oltrarno, para impedir que não se dispersasse no grande mar das construções dos séculos XIX e XX.

A alma de Santo Spirito se salvou, fechada entre o Arno, a colina de Boboli e os antigos muros que a acompanham desde a Porta Romana, quase intactos até a Porta San Frediano, com a torrinha de Santa Rosa, até o Arno de novo.

Eleonora vinha de Nápoles, embora fosse espanhola. Bela, de uma beleza grave, o rosto aberto, o olhar puro, a fala doce. Chegou a Florença com dezessete anos para se casar com Cosme.

Guelfo a conhecia muito bem. Mesmo antes de encontrá-la nos livros de história, já o impressionara o seu retrato feito por Bronzino e exposto na Uffizi, na tribuna de Buontalenti.

Nele Eleonora aparece absorta, consciente de estar formando uma dinastia com os onze filhos Medici. Ao lado, o retrato do filho Giovanni com um passarinho, alegre e sorridente, inocente de tanto destino e tanto dever. Mas nos olhos grandes, levemente bovinos de Eleonora, tão parecidos com os do marido, lê-se a determinação de quem está consciente de fazer história.

Eleonora de Toledo já era rica de berço. Assim, foi ela, em 1549, quem adquiriu o palácio de Bonaccorso Pitti, sobrinho de Luca, por nove mil florins, pondo um ponto final numa história iniciada cem anos antes.

Brunelleschi desenhara, nos últimos anos de vida, um novo e esplêndido palácio para a família Medici. Erguer-se-ia na frente da igreja de San Lorenzo, abatendo várias casas. Cosme, o velho, prudente, recusou o projeto para não atrair a inveja dos florentinos. Preferiu um outro mais sóbrio, criado por Michelozzo, na rua Larga.

Mas Pitti não perdeu a oportunidade e adquiriu os desenhos do palácio, que mandou executar, depois de alguns anos, por Luca Fancelli, aluno de Brunelleschi. Quando começou a construção do palácio, em 1458, Luca Pitti era alferes de justiça. Conforme relata, anos depois, Maquiavel nas suas *Histórias florentinas*:

> "foi *messer** Luca pela Senhoria e por Cosimo ricamente presenteado e atrás deles toda a cidade pôs-se a competir;

---

*Do provençal *meser*, "meu senhor", título honorífico atribuído outrora a magistrados, juristas ou outros personagens importantes. (*N. da T.*)

e foi opinião geral que os presentes [dádivas] à soma de vinte mil ducados atingiram. Daí saiu ele com tão grande reputação que não Cosimo, mas *messer* Luca a cidade governava. Donde, tornou-se tão confiante que começou dois edifícios, um em Florença, o outro em Rusciano, local distante uma milha da cidade, em tudo maior que qualquer outro cidadão privado, até aquele dia tivesse edificado. Para concluí-lo, não pouparam despesa, pois não somente os cidadãos o presenteavam com as coisas necessárias ao edifício, mas também as pessoas simples e os povos inteiros ofereciam-lhe ajuda.

Além disso, todos os banidos e qualquer outro que tivesse cometido homicídio ou furto ou outra coisa que fazia com que temesse pública penitência, desde que fossem pessoas úteis àquela edificação, dentro daqueles edifícios encontravam refúgio seguro."

O partido de Pitti chamou-se partido do monte, Boboli, em oposição ao partido da planície, rua Larga, dos Medici. Os Pitti foram derrotados e a construção do palácio arrastou-se preguiçosamente até que, como se disse, foi comprado por Eleonora.

Para os vários filhos, ela pensou logo num jardim. O encargo foi confiado a Niccolò Pericoli, genial e irrequieto, tanto que mereceu o nome de Tríbulo (planta espinhosa). Enquanto Ammannati trabalhava no belíssimo pátio, ancorando à colina o palácio, sua obra-prima junto com a Ponte Santa Trinità também construída com a pedra dura e marrom das cavernas de Boboli, no dia 12 de maio de 1549, uma segunda-feira, começou a terraplanagem do horto dos Pitti para fazer dele o primeiro suntuoso jardim à italiana.

Francesca fora criada em Boboli. Começara a andar por ali com poucos meses de vida, no carrinho. Laura entrava pela porta de Annalena, na Via Romana, a poucos passos da casa. O ponto de encontro entre as mamães e seus pequerruchos era o gramado de Colonne, no limite sul do jardim, em direção à Porta Romana. No inverno, quando o grande relvado era batido pelo vento, reuniam-se em volta do chafariz do Oceano, local mais protegido.

Ali, naquele mundo fantástico, extraordinário para os olhos e para a imaginação de uma criança, ela praticamente crescera. Que privilégio ter aquele paraíso ao alcance da mão! Com as estátuas de deuses, faunos, ninfas, leões e cães, de águias. Com os sistemas de irrigação, os labirintos de sempre-vivas e louro, o grande anfiteatro, a gruta de Buontalenti com as prisões de Michelangelo. E as mudanças das estações, com o jardim que mudava de cor, a explosão de milhões de flores na primavera e o cheiro das folhas queimadas que se expandiam das preguiçosas colunas de fumaça no outono.

Brincar de esconder transformava-se numa viagem encantada. Francesca se considerava uma menina de Boboli. Com orgulho. À medida que crescia, ia até sozinha, pois, de todo jeito, algum amigo sempre se encontrava.

CORAÇÃO DE PAPEL

Por volta de oito, nove anos obteve a permissão de perambular por tudo ali, de cabo a rabo, longe dos olhos de Laura, que ficava sentada num banco tagarelando com as amigas. Em poucos minutos chegava correndo ao portão que dava para o forte Belvedere, percorrendo a subida que costeava o Instituto de Arte e o Bobolino. Mais abaixo, descendo pela *Kaffe-Haus*, a fonte do Forcone, o anfiteatro e uma corrida até perder o fôlego diante do relógio de sol e do imenso limoeiro. Voltava ofegante, apostando corrida com os meninos.

Falava disso com Guelfo com orgulho.

— Você não sabe o que perdeu.

Ele tentava opor a sua praça d'Azeglio. Bonita, mas se dava conta até antes dela de que a comparação não cabia.

Certo dia, Francesca lhe contou que, há tempos, no bairro, vigorava uma prova que deveria se cumprir por volta dos dezesseis anos. Deixar-se fechar dentro do jardim, escondendo-se, e lá passar a noite.

Era uma espécie de iniciação a que os rapazes se submetiam de bom grado. Entre as meninas, ao contrário, poucas faziam.

— E você, fez?

— Claro, o que você pensa? E com quinze anos.

— Então eu também faço!

— Mas você tem dezoito, bela coragem!

— Olha, não é culpa minha. Se você fez, eu também quero fazer, faço questão.

Escolheram a noite do solstício de verão, dia 21 de junho. Eles estavam se preparando para os exames do vestibular e estudavam juntos. Entraram no jardim à tarde, um pouco antes do fechamento. Quando o alto-falante convidou os visitantes a sair, Francesca deixou-o com um beijo.

— Então cuidado, hein! Não se deixe apanhar. Trouxe tudo?

— Sim, não se preocupe, está tudo aqui na mochila. Água, dois sanduíches, uma toalha, uma lanterna, as poesias de Catulo. Tchau!

— Ouça, à meia-noite vá até a estátua da Abundância, aquela grande com as espigas de ouro na mão, eu vou pensar bem forte em você e quero imaginar onde está. Lembre-se de fazer um pedido.

— Está bem, vamos pensar um no outro à meia-noite. Onde você vai estar?

— Onde você quer que eu esteja? Em casa, estudando.

Francesca saiu e Guelfo se escondeu onde a vegetação era mais fechada. As primeiras horas, enquanto ainda havia luz, eram as mais perigosas. Ouviu as vozes dos guardas que chamavam os retardatários. A batida das ferramentas que os jardineiros recolocavam em seus lugares. Depois, finalmente, mais nada.

Viu o sol se pôr sobre Florença, naquela hora suspensa em que as andorinhas e os morcegos parecem competir no céu. Viu acenderem-se as luzes da cidade, os lampiões ao longo do Arno. E a noite que lentamente ocupava o horizonte.

O grande jardim se animava. Os pirilampos invadiam as alamedas e os prados. Os pássaros ajeitavam-se nas árvores. Depois de algum tempo, com os olhos habituados à escuridão, Guelfo estava em condições de ver tudo, até os gatos que se perseguiam ou iam à caça.

Uma leve brisa passava entre as folhas, fazendo-as murmurar. As árvores cantavam a sua eterna canção. Os perfumes faziam-se mais fortes e o mármore branco das estátuas destacava-se nitidamente contra a massa escura da vegetação.

Com a cabeça cheia de cultura clássica, a que nos últimos meses de estudo feroz ele se dedicara completamente, Guelfo vagava pelo jardim como presa de um sonho. Desaparecidos qualquer prudência e qualquer medo. Não era mais possível que alguém o visse. Talvez apenas Ceres e Proserpina, ou quem sabe Apolo, poderiam percebê-lo. Não se surpreenderia se deixassem por um átimo as suas prisões de pedra e viessem ao seu encontro.

A lua banhava as espessas raízes e as nervuras das grandes plantas, mergulhando-as numa luz clara, densa, oleosa. Pareciam patas de imensos insetos aumentados milhões de vezes.

O tempo passava rápido ou se detinha. Porque aquele era realmente um tempo sem tempo, que ia bem além dos quase cinco séculos do jardim. Era um tempo que descia do Olimpo, era o tempo de Cronos, que chegava até ele, por intermédio de centenas de gerações de homens que o precederam. Era o tempo dos Vedas, que continuava a andar em círculos, imutável e eterno. Um tempo que se podia ouvir e sentir escorrer. No qual se podia subir e descer à vontade no curso dos séculos. Porque as emoções e os sentimentos, as esperanças daqueles primeiros homens, egípcios, indianos, gregos, romanos eram as mesmas que ele experimentava.

Se Francesca não estivesse tão presente dentro dele — sua lembrança o habitava e o preenchia por inteiro —, teria esquecido a meia-noite. Mas na hora precisa Guelfo estava lá, aos pés da grande estátua que oferecia abundância e riqueza ao mundo. Voltou-se para a fonte embaixo, com o Netuno. Ainda mais abaixo podia entrever a esbelta estela do obelisco do templo de Amon de Tebas que contava as façanhas do faraó Ramsés VI, em 1500 a.C.

Em seguida, a imensa massa do Palazzo Pitti adormecido. Saltando-o com a imaginação, a poucas centenas de metros, na mesma direção, ficava a casa de Francesca. Fez o seu pedido, concentrado, recolhido, fechando os olhos.

— Francesca, amor...

Fugiu-lhe dos lábios e apoiou os ombros na base da estátua.

— Estou aqui — uma mão roçou seu braço e Francesca lá estava. A seu lado.

Guelfo não se surpreendeu. A invocação de seu coração fora tão forte que Francesca tinha forçosamente de aparecer. Mas com certeza se duplicara: havia uma em sua casa, na grande mesa de nogueira, diante dos livros e pensando nele. E aquela era a sua imagem, sua alma que atendera a seu chamado. Ela deve ter lido isso em seus olhos espantados.

Abraçou-o forte e disse:

— Sou eu, em carne e osso. Viu que esse lugar é mesmo mágico?

— Mas como conseguiu entrar?

— Eu sou a menina de Boboli, esqueceu? Essa é a minha casa. Vamos.

Levou-o para uma pequena clareira com um imenso cedro-do-líbano no meio, cujos ramos mais baixos chegavam a roçar a terra. Enrodilharam-se embaixo deles. Um contra o outro, um no outro, indivisíveis.

Quando Francesca sentiu Guelfo entrar dentro de si, sem dor, sem medo, soube que finalmente estava realizada, completa. Um ser completo. Preenchido cada vazio. Incluindo o abandono da mãe. Inteira. Intacta. Ligada à terra, como se Guelfo, penetrando-a, tivesse passado através do seu corpo, cravando-o no solo. E seu corpo tivesse criado raízes. Raízes que se desenvolveriam em cada relação com os homens e com o sexo. Que significavam a doação e a condenação de ser mulher e mãe. De obedecer aos ritmos da vida, das estações, das marés. Do Sol e da Lua. Das sementes e das colheitas. E cada vez que tentasse fugir desse destino, sofreria necessariamente e se perderia.

E fora ela a decidir tudo. O lugar, a hora, o modo. Obedecendo a sabe-se lá que chamamento ancestral que não estava escrito nem codificado, mas por isso mesmo mais sagrado e imutável. Quando se sentira segura de que o amor apenas nascido por Guelfo era um sentimento forte.

O amor, o sexo, a procriação eram um patrimônio feminino, estava mais que convencida disso. Um labirinto mágico onde os homens caminhavam guiados pela mão como crianças desajeitadas, sempre prontas a um gesto fora de lugar ou a pronunciar uma palavra a mais que romperia o encanto.

Quantos desastres tinham urdido aqueles guerreiros do absurdo, aqueles cavaleiros do impossível, para seguir seus incertos destinos! Francesca pensara tantas vezes nos heróis gregos de sua amada mitologia, nos desastres daqueles analfabetos sentimentais, deixando atrás de si um rastro de mulheres enlutadas, de mulheres enlouquecidas, de mulheres suicidas ou transformadas em aparências. Não, decididamente o amor era uma coisa muito importante para que fosse deixado nas mãos dos homens.

Guelfo percebeu, na hora do orgasmo, que a morte fora vencida, derrotada pelo amor. Toda morte. Que Lorenzo continuava a viver com ele, dentro de Francesca.

Adormeceram e despertaram com as primeiras luzes da aurora. Francesca o guiou para fora, segura, escalando um muro e saltando uma grade de ferro. Caminharam para Santo Spirito. Francesca, na rua dos Serragli, bateu na padaria dos Masi e conseguiu pão quentinho.

— Francesca, o que você está fazendo por aqui a essa hora?

Guelfo respondeu:

— Estudamos a noite inteira, e agora deu fome.

Mas Francesca o interrompeu:

CORAÇÃO DE PAPEL

— Não, estávamos fazendo amor. A fome, essa é verdadeira.
— E fizeram muito bem. Vocês são tão bonitos. Se vocês, na sua idade, não fizerem, quem vai? O pão é um presente meu.

Saíram. Francesca abraçava Guelfo pela cintura, despedaçando o pão a dentadas.

— Não quero mentir. Ainda mais sobre uma coisa tão bonita!

— Tem razão, nunca, nunca mais, eu juro! — respondeu Guelfo, enchendo a boca, enquanto o perfume do pão o envolvia, como uma nuvem.

VII

Guelfo resolveu acender a luz. Eram quase quatro, mas naquela noite o sono parecia coisa esquecida. Não para Baltazar que, nesse ínterim, se ajeitara em uma poltrona e ressonava tranqüilo. E, depois, amanhã era sábado e ele não tinha nada a fazer.

Não se enganara. A casa, com a luz acesa, era exatamente como ele a recordava. Para Francesca era um ponto de honra não mudar nada. Deixara tudo como era. Apenas as flores frescas foram substituídas nos vasos por flores de seda.

Parecia que os habitantes tinham saído e fossem voltar a qualquer momento. Os vivos e os mortos. Ou talvez nunca tivessem partido. Guelfo podia perfeitamente ver Giovanni, com seu cardigã largo, as calças de veludo cotelê marrom, os sapatos de camurça, remexendo na biblioteca em busca de algum volume que desejava lhe mostrar.

Faltava a música. Aquela esplêndida música que contava do amor e que ele ouvira ali pela primeira vez. Jacques

Brel, Chico Buarque, Gino Paoli, Edith Piaf, Tom Jobim. Junto com o grande jazz de Miles Davis, John Coltrane, Charlie Parker, Billie Holiday.

Os exames do vestibular foram bem. Para Francesca não era nenhuma surpresa. Seu resultado não era nada além do que ela esperava e merecia. Mas para ele, seus pontos obtidos, ainda que menores que os de Francesca, eram mais do que gratificantes. Na verdade, impensáveis até alguns meses atrás. Mas com ela tudo ficava fácil. Tinha a impressão de caminhar suspenso a meio metro do chão. Tinha tanta energia que, se caísse, quicaria como uma bola. Até no basquete nunca jogara tão bem.

Tinham enfrentado os exames juntos. Quando o chamaram para as provas orais, o desempenho de Francesca fora suficiente para fazê-lo render o máximo.

Os dois escolheram ciências humanas. Francesca, história da arte, Guelfo, história medieval. Giovanni foi determinante para ajudá-lo na decisão.

— Guelfo, estudar é um privilégio. O cérebro é, de algum modo, um músculo como os outros. Se não for usado se atrofia. É verdade, os seus pais têm uma ótima atividade comercial, mas, se você quer ser historiador, não se deixe desviar. É uma linda profissão, que vai enriquecê-lo de sabedoria, embora não de dinheiro. De qualquer jeito, dinheiro você já tem. Não precisa se preocupar.

Agora que tinha mais tempo, Guelfo pôde se dedicar à leitura de todos aqueles livros que ainda não lera, educado desde sempre nos computadores. Giovanni entusiasmava-se escolhendo para ele.

— Que sorte você tem de ainda ter todo esse tesouro a descobrir. Embora não seja a quantidade que conta, lembre disso. Ovídio tinha uma biblioteca de apenas oitenta volumes, naquele tempo uma coisa inacreditável, mas que hoje se encontra em qualquer casa, ou se encontrava até alguns anos atrás. E era Ovídio. No final, os livros que restam são só algumas dezenas, mesmo para quem leu milhares, como eu.

Assim, experimentou a desenfreada ambição de Julien Sorel, o desesperado desafio a Deus do capitão Ahab, o cinismo de George Duroy. Esperou, com a paciência infinita de Florentino Ariza, por Femina Dasa, a moça colombiana de pernas de gazela. Viu a fremente paixão do professor Aschenbach pelo jovem Tadzio, o mundo mágico dos Buendía e de suas mulheres, Úrsula, Amaranta, Remédios. Foi Connie Chatterley aberta para a vida por Oliver Mellors. Desceu aos abismos da alma atormentada de Ivan Karamazov, encontrou refúgio no mundo acolhedor de David Copperfield e na força serena da senhora Ramsey. Reviu a agonia lúcida e desencantada do príncipe de Salina e a amargura irremediável de Concetta. Dançou a valsa com Natasha Rostov, foi a Borodin com Andrei, arrastou com Jean Valjean o corpo de Mario pelos esgotos de Paris. Estava na sela da égua de Vronski naquele trágico grande prêmio e foi feito prisioneiro em Parma com Fabrizio del Dongo. Defendeu inutilmente a vida de Nino e Useppe com as míseras forças de Ida. Navegou no *Pequod* e no *Narcissus*. Misturou-se às histórias de todo dia da pobre gente da rua do Corno. Destruiu com Emma Bovary e construiu com Kitty e Konstantyn Levin. Traiu Swann e amou Odette.

E à noite, exausto, quando fechava o livro e apagava a luz, continuava muitas vezes suspenso em seu mundo. Com aqueles personagens fascinantes e eternos. Amigos que entram no seu imaginário, em sua vida e nunca mais o deixam.

Um dos programas preferidos de Guelfo e Francesca era ficar na cama, cada um com seu livro, as pernas cruzadas com o outro, lendo respectivamente os trechos mais interessantes que encontravam. Com um belo vidrão de Nutella e fazendo amor cada vez que dava vontade.

Especialmente depois que ele foi para sua nova casa, passavam dias inteiros assim. Muitas vezes estudavam dessa maneira. E pelo visto era proveitoso, a julgar pelos resultados.

Falar de livros com Giovanni era entusiasmante. Para fazê-lo entender a importância que dava a eles, Giovanni mostrara a carta que, em 31 de maio de 1468, o cardeal Bessarione endereçava ao doge Cristoforo Moro, doando a Veneza a sua biblioteca de 482 volumes gregos e 264 latinos:

"os livros estão cheios de palavras dos sábios, de exemplos dos antigos, dos costumes, das leis, da religião. Vivem, discorrem, falam conosco, nos ensinam, nos dominam, nos consolam, nos trazem de volta, quando colocados sob os olhos, coisas remotíssimas da nossa memória. Tão grande é a sua dignidade, sua majestade e, enfim, a sua santidade que, se não fossem os livros, seríamos todos rudes e ignorantes, sem nenhuma lembrança do passado, sem nenhum exemplo. Não teríamos conhecimento algum das coisas humanas e divinas, a mesma urna que acolhe os corpos cancelaria também a memória dos homens."

Giovanni explicava o momento histórico em que nascera determinada obra-prima, esmiuçava a obra e a psicologia do autor e dos personagens, mostrava seu lado desconhecido e obscuro, trazendo à luz o processo criativo que lhes dera vida.

Do mesmo modo, falavam de cinema e de como se transformara. Até alguns anos atrás, existiam muitíssimas salas. Agora, com os novos imensos telões de televisão presentes em toda casa, ia-se cada vez menos e elas estavam desaparecendo. Pela televisão a cabo se podia escolher o filme que se quisesse, recentíssimo ou de cinqüenta anos atrás. Bastava pedir e pagar. Como um *juke-box*.

Guelfo, sempre aconselhado por Giovanni, vira De Sica e Rossellini, Visconti e Fellini, Bergman, Truffaut, Billy Wilder, Woody Allen e muitos outros. Uma magnífica indigestão.

— Então é possível fazer um filme sem efeitos especiais! Com gente que fala como gente normal, a quem acontecem coisas normais? Não pensei que fosse possível.

— Mais do que possível, Guelfo, e no cinema, todos juntos, imersos na sala escura era muito melhor. Ir ao cinema com os amigos, ver um bom filme e depois comer uma pizza era um programa ótimo, um dos melhores que havia.

Giovanni continuava a suspirar pelo passado e Francesca brincava com ele.

— Você bem poderia ter escrito *Em busca do tempo perdido*, o nosso Proust de Santo Spirito.

— Vai, vai, debocha de mim, mesmo que Nova York não tivesse explodido, só um cego não se daria conta do que estava acontecendo. Que entrávamos em uma nova era de barbárie.

"O século XX foi absolutamente devastador. Rompeu qualquer equilíbrio, forçou todas as barreiras, ecológica, demográfica, moral. Eu já dizia essas coisas quando tinha a idade de vocês, quando éramos poucos a pensar assim. Todos estavam enfeitiçados pela riqueza e pelo progresso que pela primeira vez eram distribuídos a mancheias, a todas as classes sociais. Parecia ser um processo irrefreável, um maná bíblico, garantido pela tecnologia e a ciência onipotentes.

"De um bilhão tornamo-nos sete bilhões. Os campos foram abandonados. Nasceram tantas cidades de mais de dez milhões de habitantes. Monstros anormais, excrescências sobre a face do mundo. Ao mesmo tempo, em poucos anos, não era mais possível tomar banho num rio ou no mar. Fomos obrigados a beber só água mineral. O ar que se respirava estava gravemente poluído. Expor-se ao sol significava ganhar um câncer.

"Destruímos todas as florestas, a maioria das espécies animais, incluindo os grandes mamíferos, que hoje em dia sobrevivem, tristes fantasmas, em pouquíssimos parques para uso de turistas e nos desenhos animados para crianças.

"Perdemos a habilidade de nossas mãos, que agora quase ninguém mais sabe usar, aliás nos envergonhamos delas, aqui como no resto do mundo.

"Inventamos uma vida artificial e fictícia, com valores absurdos, ou melhor, sem valores. Para ficarmos mais livres para fazer o que nos parecia mais cômodo e buscar o nosso prazer pessoal. Fizemos do irreal o real, e acreditamos nisso.

"Reduzimos continentes inteiros a uma situação de miséria e inutilidade, expropriando-os de suas culturas, impingindo um modelo de vida devastador hostil. Fazendo-os perder qualquer dignidade.

"O mesmo deserto instalou-se no coração e na consciência do homem. E tudo isso em troca de eletrodomésticos, televisões, carros e celulares. De armários tão cheios que não dá pra dizer, da semana na neve e do fim de ano nas ilhas Maldivas.

"A enorme disponibilidade de objetos nos sufocou a alma. A essas dádivas envenenadas é preciso acrescentar a possibilidade para uma mulher de fazer filhos em qualquer idade, talvez mesmo em uma barriga de aluguel. Talvez para compensar o fato de que a maioria já não consegue ser mãe. Deprimidas e exasperadas por ter que carregar no ventre e nos braços um ser que precisa de sua atenção total. Que não se pode desligar ou ligar como um interruptor.

"Não, não há perdão para o século XX. O século que inaugurou as guerras totais, o extermínio em massa, a bomba atômica. Apesar do indiscutível progresso da medicina, da física, da conquista espacial. Pois o preço pago foi alto demais e o progresso sem ética é efêmero.

"Não é por acaso que a grande arte o tenha abandonado já em sua primeira metade. Salvo raríssimas exceções. Apesar de hoje dezenas de milhões de pessoas terem acesso ao estudo das artes, nas academias, nas escolas de arte, nas universidades, e nos milhares de cursos pelo mundo afora. Nunca aconteceu na história uma possibilidade de estudo tão difundida. E, com tudo isso, a pintura, a literatura, a música acabaram.

"O homem de hoje, o homem do século XX se perdeu, errou o caminho. A verdadeira arte sempre teve a tarefa de abrir a estrada, de mostrar o caminho ao resto dos homens. Mas nesse momento ninguém sabe para onde ir. Quando a humanidade sair desse impasse, se é que vai sair, a arte voltará a desenvolver seu trabalho. Por ora, está em hibernação e esse sono já dura mais de setenta anos. Se o sacrifício de Nova York servir para mudar tudo isso — epitáfio da barbárie e fórceps de uma nova era —, não terá sido em vão.

Giovanni empolgava-se e perdia nesses momentos o ar de sabedoria bem-disposta, sorridente e um pouco triste, que o distinguia. É que ele já vira coisas demais e estava exausto de tanta imbecilidade.

Desde muito jovem previra e denunciara tudo o que estava acontecendo. Engajara-se em lutas e campanhas pelos direitos civis, pelos animais, pela natureza. Confrontara de todas as formas a visão materialista do mundo, sem bússola e sem freios, que reinava soberana. Fundara, com um grupo de amigos, uma bela revista, que durante anos tentara abrir os olhos sobre o desastre iminente.

Nos anos do papado de João Paulo II acreditou que alguma coisa pudesse mudar. Cheio de admiração, ele, um ateu, por aquele papa eslavo que começara com um grito na Praça São Pedro que impressionara o mundo:

— NÃO TENHAM MEDO!

Que queria dizer: não tenham medo de ser cristãos, não tenham medo das renúncias, dos sacrifícios, não tenham medo de ter esperança. Abram a porta para Cristo, Cristo sabe o que há dentro do homem. Só ele sabe. Um grito que varrera em um segundo os patéticos sussurros de tantos dos últimos pontífices italianos, as vozes hesitantes, as palavras medidas, o dito e o não-dito.

Não, esse papa gritava, exortava, ameaçava, incitava. Um homem antigo, forte, que invocava Deus. Um Deus chamejante, Senhor do cosmos, com o raio em punho. Um papa disposto a combater o Diabo, cuja presença percebia ameaçando o mundo.

Opusera a Cruz a uma sociedade desorientada. Como São Paulo, pregava a linguagem da Cruz, teimosamente, levando-a a todos os cantos do mundo. Advertência terrível da impossibilidade manifesta do homem de realizar o próprio destino excluindo Deus.

Para o Jubileu de 2000, Giovanni e seus amigos foram a Roma a pé, seguindo as veredas da velha Via Francigena. Um ato de devoção e de respeito pelo velho papa. Uma peregrinação que reiterava o sentir-se parte do Povo de Deus, crentes ou não-crentes, de todo modo cristãos, por nascimento e pertinência.

Foi belíssimo. Levaram cerca de dez dias. Com duas mulas para carregar as mochilas e um deles, que caminhava com dificuldade.

Quando a avistaram de longe, Giovanni compreendeu que Roma era a cidade mais importante que já existira no mundo. A verdadeira Cidade Eterna. Muitos povos, na história, tiveram o seu período de domínio. E se a sua grandeza se julgava por aquilo que deixaram, por sua contribuição à civilização universal, não havia dúvida de que o papel de Roma, ainda hoje centro da cristandade, depois de ter dado ao homem a lei, a língua e muitíssimas outras dádivas, era incomparável.

Mas Wojtyla também passara. Derrotado. Ele que, sozinho, derrotara o comunismo com vinte anos de antecedência, teve de se render. A um projétil calibre nove, à velhice, ao cansaço, mas sobretudo a um mundo que não queria regras, que não queria rédeas. Que deslocava todo dia mais para adiante a soma das próprias exigências.

CORAÇÃO DE PAPEL

Uma sociedade de indivíduos dedicados, todos eles, a satisfazer os próprios egoísmos. Sem querer renunciar a nada. Uns inúteis dispostos a tudo. Apesar dos inúmeros sinais contrários. Tudo e agora, em um *cupio dissolvi* teimoso e obtuso.

E aí estavam o casamento para os homossexuais, as aposentadorias aos quarenta anos, o comércio aberto 24 horas, os filhos em qualquer idade e por qualquer meio, as aberrações genéticas, a clonagem. Embora para esse último ponto existissem leis contrárias. Mas sempre se encontrava um modo de contorná-las. Bastava pagar.

Hollywood estava lançando o novo Robert De Niro e a nova Liz Taylor, criados às escondidas e cinicamente jogados nas telas. Muitos foram os poderosos que não conseguiam resistir a criar um seu júnior. Brad Pitt fez um filme com seu clone e foi um imenso sucesso.

— Precisamos salvar a palavra — repetia sempre Giovanni — e com a palavra as emoções que transmite, a nossa humanidade. O último bastião da palavra é o papel, os livros, como antes foi a tábua de argila.

Esta era a sua grande batalha. Fazia conferências e escrevia artigos para salvar o papel impresso da invasão do vídeo, computador ou televisão que fosse. Fundara uma associação com esse objetivo. Sustentava que a geração de Guelfo e Francesca estava em risco, totalmente. Que a força formativa do vídeo ainda não fora de todo compreendida. Porque, embora maciça e universal, até agora fora usada por pessoas que se formaram ainda em grande parte na página escrita.

Mas eles, com os computadores desde a escola elementar, com um ensino baseado muito mais na imagem do que na palavra, submetidos ao bombardeio sensorial do vídeo, estavam se transformando em seres diferentes. Com um cérebro diferente, uma percepção da realidade e do mundo nova e desconhecida.

Para Giovanni, a biblioteca continuava a ser o centro do pensamento. Em seus estudos remontava ao tempo em que as emoções, os sentimentos transmitiam-se primeiro pelo som e só muito mais tarde pela palavra. Tentava salvar o mundo tão belo e rico da tradição oral.

Um apaixonado por antropologia cultural, enamorado de Lévi-Strauss, sustentava que não transmitir as palavras era terrível para a civilização. Um empobrecimento emocional, uma perda seca de liberdade, a condenação à perda da memória.

— Mas então — disse-lhe Guelfo — para ter sucesso na vida basta ter uma boa biblioteca?

— Não é assim tão fácil e sobretudo não é automático. Ninguém decide como viver depois de ter lido poucos ou muitos livros. Não funciona. Vive-se e basta.

Giovanni recomendava que se lesse a céu aberto, na natureza. Para deixar que o vento, as folhas, as nuvens, o cheiro do mar, os raios do sol passassem entre as páginas, entre as idéias. Agitando-as, animando-as, confundindo-as na eterna troca entre natureza e pensamento, que era a base de tudo. Único possível espelho de Deus.

CORAÇÃO DE PAPEL

Anos depois, seguindo as idéias de Giovanni, Guelfo mandava os alunos de seu curso na universidade copiarem velhos livros do século XV. Cópias exatas dos originais que os estudantes escreviam a mão e com pena de ganso e tinta.

Os jovens ficavam muito impressionados. Surpresos com esse procedimento extraordinário. Mas não o esqueciam mais e conseguiam entender, penetrar toda a importância daqueles textos antigos, chegados até eles através dos séculos. Em poucos anos, o departamento tinha uma belíssima biblioteca. Todos volumes encadernados em couro, sob a supervisão de um velho artesão, Armando, pelos próprios estudantes que aprenderam essa antiga arte. O momento conclusivo, quando o título era gravado em letras de ouro, era sempre uma emoção.

Poliphili Hypnerotomachia, ubi humana omnia non nisi somnium esse ostendit, atque obiter plurima scitu quam digna commemorat

Victoria Buffi fecit — Florença, 2026

VIII

Certo dia foi Guelfo quem pediu para fazer uma pergunta.
— Posso?
— Claro, faça.
— Laura.
Giovanni ficou um minuto em silêncio, depois respondeu:
— Laura, o quê? Laura por quê?
— Porque o senhor sabe tudo de mim, eu lhe contei coisas que não tinha coragem de confessar nem a mim mesmo, coisas que eu mesmo ignorava. E do senhor, de Francesca, eu não conheço, ou só conheço de modo superficial, essa parte que sinto que é tão importante. Tenho a impressão de que Francesca não tem prazer em me falar disso.

Giovanni se acomodou melhor na cadeira, virou-se para Guelfo e esticou as pernas, cruzando-as. Ganhou uma expressão pensativa, quase engraçada e coçou a cabeça.

— Ouça, Guelfo, e por favor me chame de você. Não posso contar a minha vida a alguém que me chama de doutor e de senhor.

Guelfo concordou sem abrir a boca.

— De quantas coisas falamos nesses dois anos em que você tem andado por aqui? Mais do que de você e de sua família, apenas. Discutimos poesia e música, literatura e política, cinema, moral, religião. Tudo muito bonito, tudo muito interessante. Mas... — e aqui Giovanni se deteve como se reorganizasse melhor os pensamentos.

— Mas o quê? — insistiu Guelfo.

— Mas nada é igual a uma mulher, acredite. — E agitou-se na cadeira. — Olhe, pense em todos aqueles livros imortais que está lendo, nos filmes que vimos. O que é mais fascinante para você? O que lhe vem logo à mente? Anna Karenina, Scarlet O'Hara, Margherite Gauthier. E assim é na vida também. Eu não fui à guerra, mas talvez, assim distante, assim diversa, seja a única coisa que se assemelha a um grande amor. Como intensidade, *páthos*, totalidade, influência sobre o destino. Quando, ademais, junta-se amor e guerra, amor e morte, então chegamos ao ápice.

"Laura foi para mim o amor, indiscutivelmente. Eu serei sempre grato a ela por isso. Deu valor à minha vida. Fez-me experimentar coisas que, antes de conhecê-la, não sabia que existiam. Não consigo nem mesmo imaginar o que eu seria sem ela. Hoje, seis anos depois que ela partiu, não se pode dizer que eu me vire muito bem. Hesito em viver, ou melhor, vive apenas uma parte de mim. A outra foi amputada.

"Que estranho, durante todos os anos em que estivemos juntos, eu tinha um pouco de nostalgia da liberdade. As coisas entre nós corriam muito bem, pelo menos para mim, mas a idéia de não poder mais me apaixonar me desagradava. Não pelo sexo, não me entenda mal.

"Em amor o que importa verdadeiramente é a descoberta, o encontro, a emoção de conhecer uma outra pessoa. Tudo aquilo que pode levá-lo a imaginar um perfil entrevisto ao andar pela rua. Um olhar que permanece nos olhos. O mecanismo do sonho posto em movimento por um sorriso, pela linha partida de um braço, pelo modo de fazer balançar a cabeça e os cabelos.

"É uma coisa que entra em você, repercute em cada fibra, submerge nas vísceras para acabar lambendo o seu coração. Isso é mágico, único a cada vez.

"O segredo da sedução é justamente conseguir impressionar a fantasia do outro. Os grandes sedutores são os homens que têm a sua parte feminina muito desenvolvida. Conseguir atingir o objeto de nosso desejo e fazer com que pense: 'Com ela, com ele', tudo vai mudar. A bem dizer, não nos perguntamos nem mesmo se a mudança será para pior. Estamos todos prontos, por uma grande aventura, a correr o risco.

"É algo de profundo, enraizado dentro de nós. O sexo é outra coisa. É uma pulsão mais direta, mais primitiva. Importante, é certo, mas não tanto quanto se quer acreditar. A meu ver até o velho Freud caiu nessa. Um cientista do século XIX, é bom não esquecer. Que começou seccionando o cérebro em fatiazinhas finíssimas para buscar o verdadeiro rastro, a marca da neurose, da doença. Precisava da *matéria* e a sexualidade, a libido, era a única que poderia lhe dar isso.

Giovanni excedia-se, atormentava a cadeira, levantava, caminhava pela sala. Quem sabe há quanto tempo sentia necessidade de botar para fora tudo aquilo que trazia dentro sobre Laura.

— Não suporto mais essa confusão de lembranças, essa superposição de imagens, um curto-circuito da memória, como uma arteriosclerose sentimental.

Guelfo continuava imóvel, curioso e ao mesmo tempo temeroso de ter provocado aquela tempestade.

— E dizer que sempre mantive algumas vidas de reserva. Como se a que vivia não me bastasse. Fazia isso desde moço. Mesmo com Laura, com Francesca. Mesmo se era felicíssimo. Eu repetia: se elas não existissem eu poderia fazer a volta ao mundo num barco a vela, tentar, talvez, alguma empresa ou, justamente, sabe-se lá quem eu poderia encontrar.

"Mas quando Laura se foi essas defesas não funcionaram. Os sonhos, especialmente aqueles longamente cultivados, devem ser deixados como sonhos. Ou se desfiam. Como antigas rendas guardadas dentro de uma caixa se transformam em pó em contato com o ar. Tentei inventar novos sonhos, mas eles não quiseram ganhar forma.

"A minha capacidade de criar projetos, que sempre foi fértil a ponto de atrapalhar, ficou bloqueada. Hoje funciona só para Francesca. É para ela que imagino situações, futuro, sucessos. Para mim não consigo. Laura secou grande parte de mim, incluindo a minha fantasia. Mais, a fantasia segue correndo atrás dela, a cada pensamento, a cada momento, obsessivamente. O coração, o coração então...

"Há anos eu vivo com dois fusos horários diversos: o meu e o dela. Cheguei até a usar dois relógios. Conheço os seus horários, os seus hábitos. A cada instante posso imaginá-la onde estiver. Quando sai de casa, quando vai para a praia ou para o escritório, quando lê o jornal, ouve música ou faz ginástica.

"Não querendo falar com ela, ligo quando sei que não está, para o seu número direto. Só para ouvir a sua voz gravada na secretária eletrônica. Eu que sempre me senti incomodado ao telefone, corro para responder esperando sempre que seja ela ligando para Francesca. Para poder, assim, roubar duas palavrinhas, dois cumprimentos. Que grande algoz é o amor!

"Quando Laura foi embora chorei durante meses, começando quando acordava, depois debaixo do chuveiro, onde misturava gotas de dor com gotas de água. Uma dor surda, voraz, que as poucas horas de sono, obtidas à base de psicotrópicos, não conseguiam nem sequer arranhar e que eu reencontrava assim que acordava, aos pés da cama, obstinada e fiel como um par de chinelos velhos.

"O que podia fazer? Procurar outra pessoa? E como poderia jogar em cima de alguém todo esse peso? Como alguém conseguiria suportá-lo? Não, eu não tinha mais tempo, se tivesse acontecido dez anos antes, quem sabe... Mas como poderia substituir, esquecer, quinze anos de vida?

"Tentei me habituar de novo a fazer amor. Lentamente, com muito medo. Para mim pareciam corpos duros, inimigos, fechados como couraças, impenetráveis mesmo quando os penetrava. Se eram moças mais jovens me pareciam corpos sem história, com sua carne dura, sem memória, de plástico. Sentia-me estranho.

"Durante os primeiros anos continuei a tentar, tive até algumas histórias sem importância, algumas tentativas. O meu amor-próprio ficava lisonjeado com os *avances* de senhoras interessantes. Mas não podia funcionar. Agora eu entendi que não posso ser tão íntimo de uma pessoa desconhecida a ponto de beijá-la na boca. Alguma trepada ainda passa, algumas vezes sinto desejo, mas outras formas de intimidade, como o beijo, justamente, não tenho mais vontade de repartir com ninguém.

"De vez em quando me masturbo. Coisa que, aliás, nunca deixei de fazer, em nenhum período da minha vida. De resto, vivo dias bons e dias menos bons, como acontece com uma pessoa inquieta.

"A verdade é que me mantenho livre, só, disponível, na eterna esperança de que Laura volte. Porque agora eu sei que a tão cantada liberdade não tem, por si própria, nenhum valor. A sua liberdade se torna preciosa, inestimável, quando, conscientemente, você a entrega a outra pessoa. Quando, por amor a alguém ou a uma idéia, sente-se feliz em renunciar.

"Me deixo embalar freqüentemente pela idéia romântica de que ela talvez tenha ido embora para garantir que a amarei para sempre. Para fazer com que o meu destino se cumpra. Para experimentar até o fundo este amor absoluto, finalmente liberto das misérias cotidianas, das contas a pagar, dos recíprocos pequenos egoísmos, do ciúme. Quem vai embora, quem desaparece, como ou mais do que quem morre, é seqüestrado pelos deuses para seu Olimpo. Não se pode ter tudo. Já no nosso encontro, naquele instante de paixão tão intensa, estava inserida a certeza do nosso fim. Como Tristão e Isolda. A senhora Tristão não poderia estar num supermercado, gorda, anos depois, com um carrinho para comprar tomates, colecionando pontos para uma promoção.

"E assim, não nos será dado envelhecer juntos, passar as noites diante da televisão vendo um velho filme. Ou numa poltrona, cada um com seu livro, naquele silêncio interrompido pelos rumores banais do cachorro que se coça, de um carro que passa lá longe. Do inquilino do apartamento ao lado. Como quando você percebe a presença do outro na página que está lendo, próximo, amigo, seu porto seguro por antigo hábito. Todas essas coisas que se pode fazer a dois e que, uma vez feitas a dois, com aquela exata pessoa, feitas sozinho parecem vazias de qualquer significado. Remetendo ao infinito somente a canção da sua solidão.

"Vivo nessa ausência. Neruda disse: 'Vive na minha ausência como em uma casa.' É o que faço. Uma casa cheia, como você pode ver, até demais. Sobretudo pela sua presença. Mas me falta a troca cotidiana das pequenas descobertas, das intuições, dos pensamentos. O dividir alegrias e dores, medos e surpresas. E posso dizer que tenho sorte por ter Francesca a meu lado: a pessoa mais fantástica do mundo, esse ser ainda incompleto e já tão maduro, tão amiga, fruto da minha vida, produto acabado de um modo de viver lúcido, leal, sincero. Quando olho para ela sinto-me muito orgulhoso e — por que não? — também de mim mesmo.

Giovanni sorriu, distendeu-se na cadeira e passou uma mão na testa e nos olhos. Como se afastasse aquela multidão de pensamentos.

— Bem, acho que não lhe disse nada de novo. O amor é um argumento que encheu milhões de bibliotecas. Mesmo nesses tempos em que o amor não é amado. Em que foi desentranhado de todas as maneiras. Só que essa é a minha história, a minha experiência. Banal se comparada à da humanidade, absolutamente única e especial para mim.

Guelfo já não olhava para ele. Estava de cabeça baixa. Como se aquela confissão o embaraçasse. Sentia-se como um intruso em um mundo que não era seu.

Giovanni deu-lhe as costas, começando a manejar suas folhas e gavetas. Um relógio que não funcionava, um convite para uma exposição, a carta de um amigo.

— O senhor, desculpe, você acredita que entre mim e Francesca poderia durar para sempre?

A voz de Guelfo soou como uma invocação. Uma voz de menino, tão grande o desejo, a esperança que a permeava. Giovanni, ainda agitado pelo desabafo, pelo acúmulo de tantas lembranças, ficou comovido. Virou-se e aproximou sua cadeira da de Guelfo, tanto que seus joelhos quase se tocavam. Tomou suas mãos e apertou-as com força.

— Meu querido, caríssimo jovem. Quem pode saber e quem pode dizer? Viva feliz esses dias, esses anos e não se atormente.

"Vocês são tão bonitos juntos. Entram nessa casa como uma brisa da primavera. Ouço-os descer correndo as escadas e vou à janela para segui-los na praça. Debruço-me e a vejo plena da juventude de vocês, da alegria, do amor de vocês.

"É um perfume que sobe pelas fachadas dos palácios, entra nas casas, nas pessoas. Um perfume que faz soarem os sinos, faz latirem os cães, dançarem as árvores.

"Os bancos abaixam os juros pelo amor de vocês e os negociantes doam suas mercadorias. Aquele viúvo gordo convidará a leiteira para jantar e um gato despelado encontrará um dono.

"Pelo amor de vocês, Guelfo, só por ele. É um milagre. O milagre particular de vocês. Não pergunte quanto durará.

IX

Ainda durou três anos. Três anos fecundos. Lisos como seda. No quarto de Francesca, Guelfo podia ver as fotos de recordação. A festa de formatura deles. Os dois em Ponza nove anos atrás. A cavalo em Saintes Maries de la Mer, onde se sentiram tão orgulhosos ao descobrir que a Camargue e seu parque natural foram criados graças ao empenho de um florentino, o marquês Baroncelli. Eles, sempre, tomando café da manhã em um bar de Saint Germain e num barco circundado de patos no Serpentine, no Hyde Park em Londres.

Sorridentes, felizes. Naqueles momentos tão plenos em que se percebe que a única verdadeira pátria é a vida. E a juventude. Apesar de tudo. Apesar do mundo que tentava recolocar-se, dificultosamente, de pé depois da catástrofe que o atingira.

Depois, um dia acabara. Assim, de repente. Francesca ficou três meses em Paris num estágio na Unesco. Quando voltou, disse, em poucos minutos, afastando-se do seu abraço:

— Guelfo, me ofereceram um bolsa de estudos de dois anos. Resolvi aceitar. Acredite, sinto muito, mas é a coisa certa. Eu sei, eu sinto.

— Mas Paris fica a três horas de trem, isso não significa nada...

— Significa tudo. Significa que, entre nós, acabou-se.

Nos ouvidos de Guelfo a voz de Francesca zumbia como um zangão cansado.

— Acabou, acabou, acabou o quê? Pode-se parar de beber, de respirar, de caminhar?

Anos depois, pensando naquilo, Guelfo se espantava com a maneira como as mulheres conseguem encerrar suas histórias de modo tão seco.

Ouviu sua voz que dizia:

— Por Deus, Francesca, pára, eu estou mal.

— E eu, o que você pensa, que estou bem? Sei exatamente o que você sente porque é exatamente o que estou sentindo. Temos de aprender a viver sozinhos. Estivemos assim durante tanto tempo, crescemos juntos, que nos parece impossível que as coisas possam ser diferentes. Construímos um passado, lembranças...

"Quando nos encontramos éramos dois filhotinhos, nos deixamos agora já pessoas formadas, belas pessoas, fortes, prontas. Que sorte tivemos por fazer todo esse caminho juntos, e como foi lindo! E você não quer nem sofrer por uma coisa assim? Isso não vale um pouco de dor? Não deixe todo o peso para mim, toda a responsabilidade.

Eu, se você quiser, assumo pelos dois, mas não é justo. Você deveria se envergonhar.

Francesca fora, como sempre, mais pronta e mais corajosa que ele. Dissolvera em um segundo todas as dúvidas, maus humores, constrangimentos que os incomodavam há meses.

— Guelfo, é assim, nós dois sabemos disso, fomos indulgentes e estúpidos demais para reconhecer antes. O nosso tempo passou e não há nada a fazer. Quanto mais a gente adiar, analisar, ignorar, mais afundamos e mais mal nos fazemos.

"Pense nos últimos tempos. Quando foi que brigamos, nos suportamos, nos entediamos? Não, acabou. Se tivéssemos mesmo de passar toda a vida juntos isso não teria acontecido. Nós não quisemos isso, não escolhemos. Mas vê-se que é o nosso destino e temos de aceitá-lo. Não consigo nem imaginar uma pessoa melhor que você e daria qualquer coisa para que durasse para sempre.

Guelfo ainda tentou protestar, mas no momento mesmo em que o fazia, se deu conta de que Francesca tinha razão. Parecia que ele tinha tirado uma pedra de seu coração, que sofria, sim, e como sofria!

Imaginar todos os dias futuros sem Francesca, seu telefonema de manhã cedinho para acordá-lo, ou quando chegava em casa, abria a porta com sua chave e se enfiava vestida na cama, era não apenas doloroso, era impossível.

Continuaram a se ver regularmente, como amigos, nas semanas em que Francesca preparava a sua partida. Em uma atmosfera um pouco falsa, sempre na corda bamba, feita de estranha alegria e silêncios incômodos. A manhã em que ele e Giovanni a acompanharam à estação, foi quase uma liberação.

— Giovanni, olha, embora Francesca tenha partido, eu posso continuar a encontrá-lo, não?

— Pode? Deve, Guelfo, deve. Se não lhe pesa a companhia desse velho rapaz. Francesca fez a coisa certa. Ela sempre faz. Caramba! Às vezes seria melhor se ela errasse. De qualquer jeito, fora com as tristezas. Hoje você almoça comigo. Se já não fôssemos amigos, agora cairia muito bem a última cena de *Casablanca*: "Rick, creio que esse é o começo de uma grande amizade."

E, de fato, sozinhos, Guelfo e Giovanni desenvolveram uma intimidade inesperada. Agora eram dois adultos e a diferença de idade já não existia mais, permanecia só aquela da profundidade intelectual. Mas a transferência prosseguia rapidamente. Nos dois sentidos. Porque à "vivência" de Giovanni, à sua vasta cultura, Guelfo acrescentava, e opunha, as intuições fulgurantes da juventude. A curiosidade. A pergunta justa que obrigava o amigo mais velho a explicar, a reelaborar, a se questionar.

Mesmo sobre coisas já adquiridas há muito tempo. Releram Tucídides e Toynbee, Konrad Lorenz e Ignazio Silone. Giovanni o fez descobrir Illich e Pasolini. Passavam noites inteiras com os grandes poetas, Homero, Dante, Shakespeare, passando por Leopardi, Kaváfis, Neruda, García Lorca, Akhmatova.

CORAÇÃO DE PAPEL

Giovanni lia com grande eloqüência. Quando jovem fizera teatro e dominava a técnica que, unida à linda voz, revelava o texto em toda a sua harmonia.

Contava anedotas fascinantes. Como aquela da mãe de García Lorca que, em sua última visita ao filho na prisão, antes da execução, no abraço de adeus, deslizou em sua mão, sem dizer uma palavra, o seu batom. Significando que sempre soubera de sua homossexualidade, que o poeta cuidadosamente escondera por medo de magoá-la, mas que absolutamente não a incomodava. Ela o amava ainda mais.

A paixão de Giovanni pela cozinha resultava em jantares maravilhosos. Guelfo pagava seu preço correndo de lá pra cá atrás dos ingredientes estranhíssimos que Giovanni encomendava. Mais que compras, parecia uma caça ao tesouro.

— E então? Você entendeu direito? Procure exatamente aquela banca do mercado e pergunte por Piero. Diga que fui eu quem mandou. Ele já sabe de tudo. Não antes das dez e nem depois das onze. Ele vai lhe dar um pacotinho. Não abra. Já está pago. Traga imediatamente para mim, que eu tenho de preparar e deixar repousar.

Guelfo pensava que qualquer dia desses ainda iam prendê-lo pensando que fizesse parte de alguma organização subversiva. O bando do tartufo negro. Belo nome para uma conjuração. De fato, Piero, e outros como ele, deixavam imediatamente clientes e afazeres e o chamavam à parte com ar de conspiradores.

— Depressa, o professor (ou Giovanni, segundo o grau de intimidade) ligou, está esperando.

Depois, à noite, se dava conta de que podia ser uma bisteca de *chianina** ou lingüiça de Siena. Talvez um robalo que até poucas horas antes nadava nas águas da ilha de Elba ou um pedaço do proibidíssimo toucinho de Colonnata, ou especiarias vindas do Curdistão.

Giovanni era assim. E enquanto cozinhava declamava versos, afins com a receita ou com o alimento. Instituía um diálogo que ainda por cima era, naturalmente, um monólogo, com o animal sacrificado. Algumas vezes chegava a imitar seus movimentos em uma dança surrealista.

— Não ria, quase todos os povos antigos o faziam e os índios ainda fazem, os poucos que sobraram. Se você vai comer a vaca, o porco, o esturjão tem de agradecer a eles. Deve permitir que participem do presente que lhe fizeram e dizer o quanto está grato por seu sacrifício.

"É um costume antiqüíssimo. De quando os homens viviam em simbiose com os outros animais e respeitavam sua alma. De quando o mundo mantinha tudo unido. Harmônico e indivisível. Como no tempo dos etruscos. Caso contrário os animais se ofenderiam e havia o risco de que abandonassem aquelas terras. E assim a tribo morreria de fome.

---

*Antiga raça italiana de bovinos originária do Vale de Chiana, província de Siena. (*N. da T.*)

Amigos editores insistiram muitas vezes para que fizesse um livro de culinária. Mas quando ele pôs mãos à obra, as primeiras duas receitas consumiram trinta páginas. Giovanni misturava Artusi com Freud, Escoffier com Sesto Caio Baccelli, divagava sobre Maiakóvski e podia terminar com Bach e Cimabue.

— Assim é, Guelfo, num prato tem tudo. A terra, a história, a arte, a psicologia de quem o prepara e de quem o come, as estações e o clima, o amor. Pegue uma colher de manteiga! Parece pouco? Ouça como soa. Não fica devendo nada a "E no princípio era o verbo". A mesma solenidade, a mesma espera por algo de grande, de criativo. E a cozinha é criação. Eu sou o demiurgo do molho de tomate à Santo Spirito. Que é totalmente diferente daquele que se faz do outro lado do Arno. E não podia ser diferente. O território é diferente, a história é diferente. Nós aqui já respiramos o Chianti — e ao dizê-lo alongava o nariz em direção à Impruneta —, as argilas de Siena, Santa Caterina e nos dias certos pode-se sentir o mar lá adiante, atrás de Amiata. — Nessa altura o pescoço de Giovanni já parecia o de uma girafa e ele se esticava todo na ponta dos pés. — Do outro lado se sente o Mugello, o frio dos Apeninos, a grande concentração de bancos e escritórios, o Osmannoro e o Centro Direzionale. É a comida do terciário avançado.

— Mas Giovanni, quantas vezes você me mandou comprar os ingredientes lá no mercado de San Lorenzo? Não fica, ele também, do outro lado do Arno?

— É por isso que eu sempre digo para trazer imediatamente. Eu os deixo aqui, preparo, civilizo, misturo com produtos nossos e depois deixo repousar.

— Sim, e quando eles se acordam vão jogar futebol com o uniforme branco de Santo Spirito.

Guelfo ri, mas Giovanni não se deixa abater com tão pouco:

— Rapaz, não seja insolente. Existem mais coisas, Horácio, entre o céu e a cozinha do que sonha a sua vã filosofia.

Em suma, o tal livro de cozinha se transformaria na enciclopédia Britânica. E assim nada foi feito. Mas era uma pena, porque suas receitas eram fantásticas. Mas fantásticas de verdade e lê-las um puro gozo do espírito, como comê-las era para o corpo.

Os jantares reuniam os poucos amigos de Giovanni. Amigos de sempre, companheiros de estrada, das vielas e veredas. Que dividiram esperanças, dinheiro, ilusões, tudo. Unidos por antiga convivência. Pelas tantas batalhas combatidas juntos. Todas perdidas. Para sua maior glória. Sempre poucos contra muitos. Contra todos. Contra o mundo.

Os muitos movimentos políticos em que militaram ou que fundaram jamais conseguiram passar do limite de 3% no momento do confronto eleitoral. A tiragem de seus jornais oscilavam entre mil e três mil cópias. Na maioria não vendidas.

— Uma aristocracia muito fechada, não há dúvida — brincava Stefano, o mais intelectual do grupo, filho de camponeses.

— Uma elite, ou melhor, uma classe etílica, com todo o vinho que bebemos — rebatia Fabrizio.

— Olhem que essa definição de aristocracia é justa. Não tem nada a ver com o sangue ou com o nascimento. Os verdadeiros aristocratas são aqueles que possuem a força e a grandeza de alma, a capacidade de solidão, unidas a uma profunda bondade e absolutamente desinteressados.

— É, de certo modo, a lição do velho Kant: a lei moral que impõe que se cumpra o próprio dever sem esperar recompensas de nenhum gênero.

— Sim, uma lição distorcida pela Revolução Francesa em poucos anos. Dando partida àquela pretensão infinita de direitos que não mais se deteve. No início, sacrossantos, depois cada vez mais absurdos.

Apesar de tudo, da grande profusão de inteligências, da conversação empenhada, dos problemas atuais que angustiavam o mundo analisados entre um prato e outro, as noitadas acabavam sempre em farra. Com risadas convulsivas, tiradas fulminantes.

Guelfo se divertia enormemente observando aqueles rapazes irresistíveis, aqueles velhos irredutíveis, obstinadamente atrelados à vida. À sua parte dionisíaca. Tão distantes das mulheres, mas que acabavam sempre falando delas. A partida de Laura foi vivida como uma perda do grupo.

— Uma beleza assim, quem encontra? Eu só tinha visto no cinema. Sentia-me vinte centímetros mais alto só porque ela me dirigia a palavra.

— Senhor, agradecemos por nos tê-la dado, não porque nos tirou.

Giovanni tentava protestar:

— Rapazes, um pouco de respeito. Vocês sabem que esse assunto me incomoda.

— Ora, cale-se, do que está reclamando? Que coragem! Em sua vida só tinha estado com três desgraçadas. Acordar-se durante quinze anos com Laura a seu lado é como se acertasse a loteria todas manhãs. Um recorde mundial.

— Quando Laura descobriu que existiam oculistas no mundo, resolveu voltar para o Brasil.

E se Giovanni se ofendesse, poderiam continuar por horas a fio. Mas isso não acontecia quase nunca. Ele também gostava de falar dela.

— Bem, o resultado é que, depois de tanto esforço, nos caberá morrer usando um *chip* de identificação. Marcados como vitelos. Realmente uma grande realização!

— Esse maldito *chip* é o signo da nossa infâmia, nós bem que merecemos.

— Nós, não, rapazes. Nós, realmente não! Essa é a única coisa de que podemos nos orgulhar. Fizemos todo o possível. Demos metade de nossas vidas à política, entendida da maneira mais elevada, a serviço das idéias, da cidade. Pagando tudo do nosso próprio bolso, cartazes, jornais, iniciativas, encontros. Milhares de noites passadas discutindo. Pode-se até perguntar quem nos obrigava a fazer tudo isso.

— Ninguém nos obrigava. Logo se vê que era destino, era da nossa natureza. Eu não me arrependo de nada. Está bem assim. Está bem até o *chip*, se o preço é esse. Se o fim é justo.

"Nós somos os herdeiros de Maquiavel, de Guicciardini. Não é o meio que deve nos assustar. Não é a política. A verdadeira. É a falta de política. O simulacro vazio da política. Foi isso que levou ao desastre. A conduta irresponsável da sociedade, de cada indivíduo singular, a perda do sentido moral, da dignidade. Esse é o problema.

"O homem tornou-se nocivo ao planeta. Repetido ao infinito, em bilhões de pedaços, perdeu sua sacralidade. Foi massificado, transformado em um tubo digestivo, terminal de produtos de todo gênero, ele mesmo um produto.

— Se você salva uma vida, salva o mundo inteiro!? Eu acho que salvei algumas, conheço gente que salvou muitíssimas, mas o mundo foi pro brejo do mesmo jeito.

— E essa canalhice, essa vulgaridade difusa, essa sordidez não era mais suportável. Era pior que a violência, que pelo menos tem lá a sua grandeza, talvez no horror que suscita, embora até mesmo a violência tenha se tornado obtusa.

"Os incêndios dolosos na mata mediterrânea sobrevivente, as pedras jogadas dos viadutos, os incêndios de teatros, a sanha contra as crianças. Quase como se o inimigo fosse a própria beleza, a própria vida.

"Não me interessa a liberdade se toda manhã no bar sou obrigado a tomar café ao lado dessa canalha. Sou sectário? Pode ser. Logo se vê que algum resto de leninismo ficou em mim.

"Nós, quando éramos jovens, agredíamos por idéias, justas ou erradas que fossem. Os jovens dos últimos anos agridem e pronto. Cheios de um ódio cego até contra eles mesmos. A maldade da cobiça.

— Por mim, não penso nem em votar. Esse sistema representa todos os pesadelos que sonhamos nas nossas piores noites quando jovens. Não serei cúmplice. E mais, se tivesse idade seria um guerrilheiro: tentaria, como Lorenzo, o irmão de Guelfo.

— Não, eu voto. Votei na última eleição e vou votar na próxima, se ainda estiver por aqui. Posso ver todos os limites desse sistema, todos os perigos, mas não se vive mais no nosso tempo, caros amigos. Se o ano 2000 tinha que ser algo de novo e não só uma mudança de números, aí está, é onde estamos agora.

"A explosão de Nova York rompeu o equilíbrio da forma mais terrível. Não se pode mais voltar atrás. Temos que nos habituar a viver num império. Sem ter medo. Os impérios, historicamente, são as formas de governo que trouxeram mais estabilidade às sociedades humanas, onde houve mais bem-estar, mais progresso, desde o romano até o austro-húngaro. Um império mundial que toma as grandes decisões mundiais pelo menos para evitar catástrofes. Os problemas agora são planetários, todos sabemos disso.

E não falo apenas dos problemas econômicos e produtivos. Penso na sobrevivência mesma da Terra. Para tentar salvar a fina casquinha de cebola que envolve a nossa casa, quer dizer, a Terra. Vinte quilômetros de atmosfera fragilíssima e bastante comprometida atualmente.

"São necessárias decisões rápidas em nível mundial, impostas pela força se necessário. É o que tem sido feito nos últimos seis, sete anos. Portanto, o império e autonomias locais fortes, ágeis, inteligentes. Esse é o caminho a ser percorrido. O único. Por isso eu votei. E, aliás, digo mais. Eu já tinha parado, e há muito tempo, de votar daquele outro modo. Quando o meu voto não contava nada. Votava todo ano e nada mudava.

— Sim, mas isso vale para as nações ocidentais que aderiram à Confederação. Aí foram obtidos resultados importantes. Veja a droga, por exemplo: agora eles dão uma vacina aos jovens, como nós fazíamos para a poliomielite, e eles não podem mais consumir certas substâncias. Certo que se deveria discutir anos sobre tais métodos. Mas, de todo modo, um objetivo eles alcançaram. Mas quem está saqueando o mundo são as centenas de milhões, os bilhões de desesperados que tentam de qualquer maneira obter as duas mil calorias necessárias para sobreviver.

"Com as multinacionais se pode, no fim, chegar a algum tipo de acordo, é possível convencê-las ou obrigá-las a um comportamento correto. Mas e esses aí, quem os controla, quem os representa?

"Esses enxames de homens-ratos, de insetos enlouquecidos. Que exterminaram os elefantes pelas presas, os tigres pela pele, os gorilas para fazer cinzeiros com suas patas ou suas caveiras. Que envenenam um rio com mercúrio por poucos gramas de ouro, queimam milhares de hectares de floresta tropical para plantar uma horta de batatas.

"São, de certo modo, os mesmos comportamentos encontrados nas cidades ocidentais antes do *chip*. Matavam você para roubar um relógio de três vinténs, para pegar uma moto ou até para passar o tempo. Assim, por tédio e por sadismo.

— Pois bem, por enquanto recomeçaram a votar só os melhores. E os resultados já podem ser vistos aqui entre nós. Pessoas melhores fazem melhores leis, que depois valem para todos. Até para os 90% que não votam e que não têm nenhuma intenção de se submeter a todos os compromissos e sacrifícios que isso exige. Mas essas leis estão mudando a vida de todos, a deles também. Semeando um círculo virtuoso que vai se tornar irrefreável. Finalmente, até no sul do mundo. Queiram ou não. Porque os modelos, infelizmente quase todos negativos no passado, quem sempre deu foi o Ocidente.

— A nossa civilização está atravessando uma crise que ainda não acabou e ainda não se sabe para onde nos levará. O século XX fez 170 milhões de mortos documentados, entre guerras e genocídios. Uma cifra apavorante.

"As ideologias nas quais se baseou a sociedade a partir do século XIX não oferecem, já há muitos decênios, instrumentos suficientes para enfrentar os grandes problemas de nosso tempo. O meio ambiente, antes de tudo, o que não quer dizer apenas a difusão da poluição em escala planetária, mas sobretudo a falta de orientação em conseqüência da ruptura entre corpo e alma do homem e entre humanidade e natureza. É uma crise do espírito e da inteligência. A multiplicação dos bens de consumo, devida à concepção materialista do bem-estar e do desenvolvimento produziram uma desordem moral sem precedente. E isso é só um aspecto. Havia outros, tão graves como a multiplicação da delinqüência, a difusão das drogas, a falta de consideração com os velhos, o desaparecimento de qualquer honorabilidade para o trabalho manual, a perda de virtudes essenciais como o senso de dignidade pessoal, de respeito pela verdade. O mito da velocidade, a ditadura da imagem. A sujeição a aspectos instrumentais como o sucesso individual e o dinheiro provocaram danos incalculáveis na vida das famílias e das comunidades, nos processos de transmissão da cultura e da identidade profunda de nosso povo. De cada povo. Alguma coisa tinha de acontecer e aconteceu, infelizmente. Mas é uma ilusão pensar que se pode resolver os problemas da irresponsabilidade individual e coletiva apenas com especialistas e com a tecnologia, ou aumentando os controles de polícia e a severidade das leis. O *chip* é uma medida-tampão para enfrentar a emergência. Mas sozinha não funcionará, pelo contrário. São necessárias altas motivações e virtudes cívicas. É necessário um projeto que apaixone as pessoas e toda a sociedade para uma convivência que seja digna do nome humano. A nossa tarefa, nessa tempestade, é manter viva a esperança.

Vincenzo, como de hábito, interviera por último, resumindo o sentido, ditando a linha, como fazia há mais de cinqüenta anos. Os outros, amicíssimos de toda a vida, ouviam em silêncio e com atenção. Submetiam-se desde sempre a seu fascínio e respeitavam sua superioridade intelectual. Seu carisma.

No ano anterior, para o seu octagésimo aniversário, organizaram um passeio pelos Alpes Apuanos. Guelfo mobilizou os amigos ex-escoteiros para dar assistência ao grupo de velhinhos.

— Mas você tem certeza, Guelfo? Olha, que eles se arrebentam na metade da subida.

— Não se preocupa que eles são mais fortes do que você pensa!

Na verdade, correu tudo bem. Um longo passeio até o refúgio Del Freo. Lá jantaram e dormiram algumas horas. Continuando a aprontar, felizes como não estavam há muitos anos. Na manhã seguinte, escalada até o cume, agarrando-se em alguma rocha e prestando bastante atenção para não escorregar em alguma moita de erva-carneira.

Lá em cima os amigos de Guelfo deixaram tudo preparado sobre grandes lençóis brancos. Frescas garrafas de Chianti e todo o tipo de bem de Deus. Tinha até uma torta de frutas com oito velinhas. O que quer dizer velhice quando o coração bate assim forte?...

X

A doença se manifestou de repente, inesperada, como alguém que bate à porta na noite funda. Giovanni sentia-se, já há algumas semanas, desanimado, sem forças. Decidiu então ir ao médico, coisa que fazia raramente, uma vez a cada dois ou três anos. Reviraram-no de todas as formas. Exames de todo tipo. Viu alguns especialistas. Depois, foi ao consultório de Andrea, um amigo querido. Giovanni leu em seus olhos, antes mesmo que abrisse a boca, a resposta fatal. Andrea capitulou facilmente, a uma pergunta precisa não conseguiu mentir. Era um tumor em estado avançado, difuso, os prognósticos não deixavam esperanças, era só uma questão de tempo.

Giovanni maravilhou-se com o modo como a notícia o deixara tranqüilo. Já há muitos anos se preparava para aquele momento. Sempre sustentara que se preparar para morrer era uma estrada longa que devia ser percorrida o mais cedo possível: uma vez chegado ao ápice da vida, começava a parábola descendente e quando ninguém, ainda tão forte, tão ocupado, poderia se dar conta. Aquele era o momento de começar, bem devagar, a afastar-se de incumbências e deveres.

Agora tudo que o interessava era o tempo. Queria estar seguro. Andrea garantira seis meses, um ano se seu físico reagisse bem aos tratamentos.

Só então, depois de tanto teorizar, parecia entender finalmente o segredo do tempo. Aquele tempo, cujo escorrer é continuamente dividido em ritos, funções, compromissos, estímulos, notícias, necessidades reais ou induzidas.

Se Robinson Crusoe, com as marcas na madeira, tentava obstinadamente permanecer ligado ao tempo da civilização, hoje, no mundo frenético em que viviam, Giovanni sustentava que se deveria fazer o possível para apagar aqueles inúmeros sinais que dividem a vida em segmentos, vazios, repetitivos, no interior dos quais é impossível desenvolver um verdadeiro projeto, uma verdadeira pesquisa do sentido profundo da existência.

Eliminar as marcas, portanto, isolar-se, mergulhar no tempo finalmente não decomposto, indeterminado, dilatado em momentos cada vez mais longos, à medida que nos educamos a "dispensar", a reduzir nossas exigências, a nos limpar de resíduos e incrustações. Culturais e materiais. A não sentir nem fome nem sede. A confundir sono e vigília, noite e dia, para atingir, enfim, o nirvana possível e, portanto, restituir ao tempo sua dignidade original, de entidade metafísica e abstrata, não mais dividido em horas, dias, anos, mas em vários estados de conhecimento e de bem-estar nos quais ficar, crescer, até estar pronto para se entregar à morte.

Lembrava sempre de uma velha experiência feita anos antes de conhecer Laura. Comprara há pouco o barco a vela e partira, sozinho, para as férias. Desceu até as ilhas Eólias e abrigou-se em uma pequena enseada no sul de Lipari. Queria passar um pouco de tempo em absoluta solidão, lendo e descansando. Munira-se das provisões necessárias e estava completamente independente. Mas teve uma surpresa ruim. A água do mar, durante a travessia, molhou a caixa de víveres, tornando-os inúteis. Salvaram-se só um pacote de biscoitos e uns envelopinhos de açúcar.

Giovanni adiou para o dia seguinte a ida à cidadezinha para reaprovisionar-se. Mas o lugar era tão bonito, a quietude tão absoluta que continuou a adiar. Depois de três dias não tinha mais fome e assim foi indo por mais uma semana. Quase sem deslocar o barco, exceto para mudar a ancoragem segundo o vento. Nadava um pouco, recolhia alguns ouriços, lia e pensava. Por fim, já não lia mais e deixara até de pensar. A única mudança do dia era dada pelo alternar-se entre luz e escuridão.

Dormia na cabine, ouvindo, além da sutil parede de madeira, a batida do mar. E daquela vez eram realmente as águas amnióticas. As ondas, o ar, a luz, as estrelas passavam pelo seu corpo, finalmente vazio e limpo, pela primeira vez pronto para recebê-los.

Seus sentidos animais, atrofiados por dois mil anos de cultura, de cristianismo, de história, começavam a despertar. E a buscar seus antigos laços com o universo. Sentia seu sangue escorrer veloz, voltar a ser receptivo, pronto para uma grande e livre vida pagã.

No fim, Giovanni vivia numa permanente exaltação da qual, nos momentos de lucidez, tinha até medo. Entrecerrara uma porta e pousara o olhar num abismo desconhecido que lhe dava a sensação de vertigem. Recordando-se, anos depois, imaginava o que significaria para um profeta ou um santo isolar-se no deserto. Que mutações físicas, psíquicas se davam na profundeza de seu ser depois de meses de silêncio, de jejum, de solidão.

Uma pequena barca de pescadores o trouxera de volta à vida. Eles o abordaram pensando que alguma coisa lhe tivesse acontecido, vendo-o ali parado depois de tantos dias. Falar com eles foi um pouco como renascer. Ofereceram-lhe algumas sardinhas e convidaram-no para jantar à noite.

Giovanni compreendeu que o encanto se rompera. Retornou das Eólias numa única estirada de mais de dois dias, nas asas de um siroco constante que enchia o mar e levantava a popa do barco com a mão potente. Alta no céu, uma imensa lua navegava no firmamento.

Viu desfilarem Capri à sua direita, Ventotene e a amada Ponza à esquerda. Mas não se deteve, como previra antes. Porque o vento não cessava e por certo também não o deixaria. Assim pleno de criação. Assim diverso de quando partira.

Sentiu falta daquela experiência, culpando-se por não ter conseguido repeti-la e não tê-la levado às últimas conseqüências.

CORAÇÃO DE PAPEL

Fez uma coisa semelhante alguns meses depois da partida de Laura. Mas não foi a mesma coisa. Serviu apenas para tentar aplacar a dor. Mas esvaziando sua alma e seu corpo, enchera-os ainda mais de ausência e desejo dela.

Giovanni sentia-se animado por uma estranha euforia. Saíra do consultório médico quase apressado, mas tratava-se de um gesto de gentileza, uma atenção ao amigo claramente em dificuldade. Quase como se lhe dissesse: "Está bem, não se preocupe, não tem nada com isso, está tudo certo, eu vou conseguir, de qualquer jeito."

Agora caminhava um pouco mais lentamente, com seu passo tímido, refletindo, deixando que os pensamentos corressem livres. Um ano: uma eternidade. Mesmo seis meses poderiam bastar. Com a morte ao lado, olhando-a bem na cara. Ambos sem máscara. Essa era a última prova que esperava. O momento da verdade, para ele e para todos. O instante perfeito. Aquele que fecha.

Percebeu que sempre o esperara. Desde jovem não havia dia em sua vida em que não tivesse pensado na morte, exorcizando-a de mil formas. Com cabalas e jogos obsessivos. Contando os passos, as pedaladas, os números da quilometragem. Quanto tempo vai durar com Laura? Até quando poderei ver Francesca crescer?

Bem, agora já sabia. Esse era o modo que teria escolhido, se pudesse escolher. Sempre teve medo da era do desastre repentino, do acidente, da morte estúpida e inconsciente, de ser totalmente passivo. Ser privado desse extremo conforto, dessa última possibilidade de rasgar o véu da vida.

Giovanni estava certo de que não existia vida após a morte. Mas era certo que Deus fosse absolutamente necessário. Tanto que era preciso reinventá-lo. E era justamente isso que o homem fizera em cada época. Embora no momento em que o homem baseou sua vida no pensamento, Deus fosse, para muitos, relegado ao sótão. Mas sem admitir abertamente. Só as duas ou três últimas gerações ocidentais acreditaram que poderiam dispensá-lo totalmente. Vangloriando-se disso. Levando à extrema conseqüência o abalo causado pela Revolução Francesa. Sem se dar conta de que *liberté, égalité, fraternité*, a mensagem universal de 1789, podia muito bem se conjugar com o cristianismo; aliás, era uma conseqüência direta dele, e negar a espiritualidade do homem era tão ridículo e efêmero quanto os nomes — Brumário, Vendemiário... — dos meses revolucionários ou a adoração do ente supremo no campo de Marte.

Pediram para ver o blefe que a humanidade vinha fazendo através dos séculos e dos milênios. Descobriram suas cartas e aquelas da divindade. Encontraram-nas todas brancas, num vazio sufocante no qual não podia nascer nem mesmo um fio de erva.

Giovanni sempre vivera "como se Deus existisse". Respeitando os valores, os ritos, as conveniências que, por trás da tela da religião, ele sabia muito bem, eram efetivamente a forma mais alta de convivência e de civilização de que as culturas humanas conseguiram se dotar.

Tentara desenvolver o sentimento da compaixão. Há anos os problemas das pessoas que lhe eram próximas eram os seus problemas. Qualquer um que se aproximasse encontrava ajuda, compreensão, conselhos preciosos.

— Compreender o coração dos outros é tão fácil. Aliás, faz até parte do meu trabalho. Muitas vezes caímos prisioneiros de jaulas que nós mesmos construímos. Como os passarinhos que, quando entram em casa, não conseguem mais encontrar a janela aberta e continuam a se bater contra os vidros das janelas fechadas. Até se matarem se alguém não os recolhe e indica a saída. Eu seria realmente um psicólogo lamentável se não o fizesse.

Dera-se conta de que, já há muito tempo e depois de muitas aflições da mente, a bondade era a mais alta forma de inteligência. Compreendera, finalmente, o que São Paulo pretendia com a Carta aos Coríntios, quando dizia: "Posso ter tudo, mas não sou nada se não tenho amor." Uma grande intuição. Porque nem sempre se entende as coisas que se lê. Se não estamos prontos.

Tudo aconteceu vendo *A liberdade é azul*, o filme de Kieslowski que faz parte da trilogia das cores. Testamento espiritual do grande diretor polonês, morto há tantos anos.

Foi bem no final, quando a sinfonia da Europa, enfim concluída pela protagonista, uma extraordinária Juliette Binoche, acompanha as últimas imagens e começam a descer os créditos justamente com as palavras de São Paulo.

Giovanni ficou seduzido, perturbado e comovido.

— Será possível que seja tudo assim tão simples? Assim terrivelmente simples e tão inatingível?

O lanterninha o chamou:

— Senhor, vamos fechar.

Pela rua continuou a pensar como o cinema era uma via precisa, tão direta. Aqueles personagens de luz sobre a tela, aquelas histórias de fantasia, faziam experimentar tantas emoções e, às vezes, envolviam mais do que situações análogas da vida real que se apresentam com incrustações, superestruturas, que as afastam ou as escondem, ou ainda nos pegam envolvidos com outros problemas. Enquanto lá, sentados no escuro, estamos prontos, durante aquelas duas horas, para rir e chorar, sentir medo e dor. Deixando a nossa vida na caixa, quando pagamos o bilhete.

Lembrou-se ainda que Freud elaborou a sua teoria fundamentalmente depois de ter assistido, no Hofburg-Theater, em Viena, ao *Édipo rei*, de Sófocles, saindo de lá como que ofuscado.

Falando disso com Vincenzo, ouviu-o dizer:

— Bem, parabéns, Aristóteles disse isso 2.500 anos atrás, logicamente referindo-se ao teatro, não ao cinema.

Chegando em casa pegou um copo d'água e acomodou-se na poltrona. Passou-lhe pela cabeça que, de qualquer forma, se quisesse, ele mesmo podia decidir como, onde, quando.

A idéia de que só Deus pode dar ou tirar a vida é uma frase muito bonita, mas vazia de qualquer significado. O primeiro ladrão pode lhe dar um tiro por umas poucas liras, qualquer automóvel que cruzar com você pode se desviar de sua rota, por uma avaria ou por distração, e matá-lo.

É difícil ver nisso tudo a mão de Deus. E então, por que não o suicídio, por que não a eutanásia?

Lembrava-se de ter discutido longamente esse tema, anos antes, com Giorgio Conciani, médico, pianista, gentil-homem, profeta e ideólogo da "morte doce", da morte com dignidade, à qual todos deveriam ter direito. Impressionou-o muito a morte de Koestler, o autor de *Escuridão ao meio-dia*. Ele e a mulher, velhos e doentes, arrumaram a casa, pegaram as roupas na tinturaria, organizaram os armários, levaram o cachorro para ser sacrificado e finalmente deitaram-se na cama e suicidaram-se. Tudo assim claro, preciso, terrível.

Imaginou até um funeral *viking*. Que megalomania! Mas que seria lindo, lá isso seria, sem dúvida. O barco, com as velas em posição, o leme bloqueado, navegando em direção a Montecristo. Em chamas. E ele estendido na coberta.

Não, não. Em Trespiano. Em terra. No mausoléu da família. Com todos os seus. Esperando os outros. Esse era o seu *Invalides*, o seu *Panthéon*.

Não, nada de suicídio, não conseguiria. Só pensaria nisso se sua capacidade de entendimento corresse risco. Mas o cérebro funcionava e a doença não era uma daquelas que comprometem as faculdades. Pelo menos até os ultimíssimos momentos. Logo, ia esperar a sua hora deixando ao destino a incumbência de escolher. No fundo, esse elemento de incerteza tinha de ser deixado ao acaso, senhor de tantas partes de nossa vida. Vingar-se, roubando-lhe a passagem do adeus, não seria esportivo. A sua tarefa seria gastar bem o pouco que lhe restara, extrair o máximo de seu mísero capital.

Mas Giovanni também vinha treinando para isso há longo tempo. Tentava selecionar amizades, ocasiões, livros. Alguns o consideravam esnobe, mas não se tratava disso. Ou talvez só em parte. Sabia que o tempo disponível é um tempo finito e não é preciso esperar que nos apareça um tumor para nos darmos conta.

Já antes dos cinqüenta anos sustentava que ainda lhe faltava ler, de qualquer jeito, contando com uma vida razoavelmente longa, não mais de seiscentos, setecentos livros. E ver mais ou menos o mesmo número de filmes. De ir jantar fora ou em casa de amigos certamente umas mil vezes.

Então todas essas coisas eram escolhidas com cuidado, valorizadas. Evitando as burlas, os tolos. Os vinhos ruins e as pessoas vulgares. Os livros com as capas coloridas demais e títulos escritos com letras grandes demais, quase em relevo. As casas, e as coisas, sem elegância. O esteticismo não era, com certeza, um valor decadente, de dândis.

Giovanni já não ia a lugares desconhecidos. Sempre haveria uma cidade, uma praia, um templo que valeria a pena e que, mesmo assim, ele não poderia conhecer. Depois de se chegar a um certo ponto, o importante era voltar a visitar os lugares, as pessoas que se conhecia. Para escavar, para aprofundar. Aqueles lugares onde deixamos pedaços e traços de nossa própria vida.

CORAÇÃO DE PAPEL

E havia Francesca. Como lhe dizer? Ela voltava a Florença a cada dois meses, por alguns dias. Hoje em dia, ia-se a Paris de trem em menos de três horas. Mas assim que ela soubesse, certamente ia querer ficar com ele. Mas Giovanni não queria. Pelo menos não de imediato. Queria evitar um sofrimento prolongado demais e não queria comprometer a carreira dela, recém-começada. Bem, encontraria um jeito. Em sua próxima visita podia começar a lhe contar que estava fazendo exames, e nesse meio tempo ir vendo como se desenvolvia o tumor. Mas não era fácil, semana após semana, carregar aquele peso sem dividi-lo com ninguém. Os tratamentos começavam a fazer efeito, atacando seu físico junto com a doença.

Giovanni sentiu sua vitalidade diminuir, perdia forças e peso. De manhã, fazendo a barba, não se surpreenderia se a gilete, junto com a espuma, levasse pedaços de seu rosto, que ele via desvanecer-se, dissolver-se em seus contornos, a partir das maçãs, cada vez mais esticadas, até o queixo alongado.

Não, não teria a sorte de ter aquilo que é um dos poucos tristes dons da velhice. A verdadeira solidão, a sobrevivência a tanta gente, habitando um mundo de sombras e evocando-as a seu prazer. Aquela zona limite entre a vida e a morte, abandonado por todos, mesmo pelo próprio corpo, pela própria visão, pela própria audição, pelas próprias esperanças e pelas próprias paixões. Já distante do cotidiano, reduzido a alguns poucos, repetidos, frágeis gestos, às costumeiras pequenas preocupações — será que apaguei o gás, fechei a porta da escada? —, a mente, finalmente senhora absoluta da existência, pode mergulhar na contemplação das recordações. De todas as recordações. E vivê-las, saboreando-lhes a puríssima essência de sensações, as mil esfumaturas de alegria e dor, destiladas pelo alambique da memória.

Deve ser por isso que tantos velhos parecem ausentes. Mas não é verdade. Vivem em outro mundo, rarefeito, muito mais sensível e elevado do que aquele que ocupavam até poucos anos antes e que ainda dividiam com os outros.

Francesca chegou e com ela a habitual lufada de energia.

— Oi, papai. Tenho um monte de coisas pra contar. Incríveis. Sabe, o diretor do projeto... Ei! Mas você não está bem, o que aconteceu?

— O fígado, querida, o fígado. Uma crise hepática que me atormenta há semanas.

— Está vendo só? Agora que está sozinho veja o que acontece. Todos aqueles jantares com os amigos. Todos aqueles molhos que prepara. E a bebida. Posso imaginar. Você deve ter exagerado, como sempre. O que disse o médico?

— O de sempre. Dieta férrea e um tratamento cavalar. Mais um mês e tudo estará bem.

— Vou dizer a Guelfo para ficar de olho em você. Nele eu confio. É mais sério que você.

Por essa vez conseguiu enganá-la. Guelfo jurou por sua honra que recitaria a sua parte e manteve a promessa. Mas na visita seguinte não havia mais como esconder. O tumor progredira mais rapidamente que o previsto, apesar da terapia. Giovanni teve de confessar a verdade. Francesca ouviu em silêncio, os olhos fixos no rosto encovado do pai. No final explodiu:

— Não, não! Não aceito. Não quero. Por que você não me disse antes? Estúpido — e pela primeira vez lhe faltava ao respeito. — Perdeu quatro meses. Jogados fora. Mas agora vai para Paris comigo. Lá eles fazem milagres. E se não for suficiente iremos aos Estados Unidos. Tentaremos todos os meios, lícitos e ilícitos. Compraremos todos os órgãos de que você precisar. Há clínicas que fazem isso, eu sei. Tenho amigos poderosos na Unesco, confie em mim. Desmontam você e tornam a montar...

Giovanni segurou-a pelos ombros, sacudindo-a com as poucas forças que lhe restavam.

— Pára, Francesca, pára pelo amor de Deus. Não quero que você fique dizendo essas coisas. Está bem assim. Não sinto muita dor e estou sendo bem tratado. Pelos amigos. Não quero que meu corpo se transforme em um laboratório. Você sabe o que eu penso a esse respeito. Toda a minha vida é testemunha disso. E aqui entre nós, não é que eu tenha uma grande vontade de viver a qualquer custo. Seus filhos talvez vivam duzentos anos e os filhos deles para sempre. Já não falta muito, a ciência está chegando lá. Será um novo cataclismo.

"Mas eu sou filho de um outro tempo, de um outro mundo. Você sabe que sou favorável a esse novo rumo. Considero que seja um mal necessário. Mas daí a me reconhecer naquilo que está acontecendo vai uma grande distância. Decididamente, aceito meu destino. O meu tempo está se acabando e é justo. Se não fosse por você, meu maior amor, talvez eu já tivesse ido há um certo tempo.

Francesca não conseguiu replicar. Estava chocada demais e, depois, não havia nada a acrescentar. Era tudo verdade. Estimava demais o pai e sua inteligência para usar argumentos de baixo nível. Poderia falar de sua dor, de quanto lhe era inaceitável a idéia de que amanhã ele já não estivesse aqui. Mas isso significava mais sofrimento para ele e não seria justo.

No fundo, no ano anterior ela decidira ir para Paris. Fizera a sua escolha. E ele a encorajara. Parecia que Giovanni só esperava que ela tomasse, resoluta, a sua estrada para se permitir ficar doente e morrer. Levantou-se do sofá enxugando os olhos e apertando o nariz.

— Como você quiser. De qualquer jeito, vou ficar com você até o fim. Isso nem se discute. Amanhã de manhã vou para Paris, arrumo minhas coisas e volto de tardinha. Dividiremos essa também e depois tem sempre os milagres, não?!

Agora, a cada dia que passava, Giovanni mesmo não conseguindo imaginar uma data precisa, sentia que o momento se aproximava. Percebia isso pelo cotidiano reduzir-se de seus deslocamentos, como um peixe em agonia que dá voltas cada vez mais estreitas. Pela insuportável intensidade com que percebia as coisas, os sons, a luz, as pessoas.

Era um obsessivo repetir-se: hoje é a última vez que faço isso, poderia ser a última. Sim, isso pode valer para todos, mas para mim é diferente, eu sei que é assim, porque em um mês é bem provável que eu já não exista.

Às vezes se empurrava até a Piazza della Signoria. Com dificuldade. Lembrava-se de Galileu que, cego, no final da vida, fazia com que o levassem até essa mesma praça para sentir a sua Florença. Passando as mãos pelas estátuas. Galileu, mesmo cego, intuíra e alargara o universo. Ele mal e mal tentava sondar a própria alma. Com resultados, ao fim e ao cabo, insatisfatórios.

Certo dia, à tarde, quis ir até a Uffizi. As salas não estavam cheias. E foi uma experiência extraordinária. Os quadros pareciam vir a seu encontro, saindo das molduras. As figuras se animavam. A Primavera e as Vênus estendiam-lhe as mãos. Podia sentir o choque das armaduras e das lanças nas batalhas de Paolo Uccello. Demais, demais. Sentou-se um pouco na cadeira de um guarda e voltou para casa de táxi.

Até a presença de Francesca muitas vezes o incomodava. A sua atenção, aquele ar falsamente desenvolto, a expressão desesperada que conseguia captar quando ela pensava que não estava olhando. E seu insuportável olhar.

De Medusa. Como se o quisesse imprimir indelevelmente na memória, para conservá-lo sempre com ela.

Chamou Guelfo à parte e recomendou que a distraísse o mais que pudesse, que saísse com ela, em suma, que a tirasse de perto dele: ele aceitava a própria agonia, mas a de Francesca era realmente demais.

— Está certo, Giovanni, vou tentar, embora ela não queira deixá-lo nem um minuto. Mas não torne as coisas tão trágicas assim. Fomos ao médico com Francesca, e não é certo que não haja mais nenhuma esperança.

— *Não maquiar-me a morte, Odisseu.* Você lembra desse verso, não? Não precisa acrescentar mais nada, por favor. Ah, queria lhe dizer uma outra coisa, toma aqui.

Pôs em suas mãos o molho de chaves de *E o vento levou.*

— Deixo-o para você, sei que estará em boas mãos. Precisa de algumas reformas, a coberta, o cordame. Nos últimos anos eu me descuidei um pouco dele. Ele também precisa de braços jovens. E aceite um conselho: vá sempre em direção ao sul. Para o sul se vai sempre para o amor.

E Giovanni o deixara ali como um dois de paus, perturbado demais para conseguir responder. Foi para a cama, extenuado de emoções.

Às vezes tinha a impressão de se ver deitado naquela sua cama. De olhar para aquele seu corpo, agora tão delgado, aquele invólucro seco, de gafanhoto, como se já o tivesse deixado. Era tão difícil permanecer atrelado à vida. Sua mente ia, afastava-se por horas e horas, cada vez mais tempo. Cada instante era prolongado, suspenso em um tempo sem tempo, entre vigília e torpor, naquele mergulho sem fim para a morte.

Mas a vida, que agora chegava ao fim, armava ainda uma última emboscada. Francesca lhe disse que fizera reserva em um belo restaurante.

— Hoje quero festejar, chega de ficarmos aqui fechados.

Ajudou-o a se lavar e vestiu-o com cuidado. Não pôde deixar de notar, com ternura, o modo como Giovanni passava a escova nos ralos cabelos. Aproximava o rosto do espelho e por um segundo os olhos brilhavam-lhe reencontrando traços de juventude e de uma antiga faceirice.

— Papai, uma surpresa!

Laura entrou com seu sorriso mais lindo. Giovanni ficou tão feliz que saltou de pé, encontrando forças não se sabe onde.

— Deve ter sido a reação da rã de Alessandro Volta — brincou mais tarde.

— Quanto tempo! — fez ela abrindo os longos braços e usando uma expressão que ia bem tanto em português quanto em italiano.

— *Pois é, quanto tempo* — respondeu Giovanni, tomando-a entre seus braços e usando as palavras de Paulinho da Viola.

À noite, sozinhos, perguntou:

— E então, veio dar mão forte a Francesca? Fez bem, tira uma preocupação de meus ombros.

— Eu vim por você, Giovanni. Por mim e por você. Esse é o meu lugar, agora. Eu que tive tantos lugares e nenhum que tenha sido verdadeiramente meu. Se há alguma coisa verdadeira em minha vida, se não foi tudo uma fábula ou um fracasso total, o meu lugar nesse momento é aqui. É assim que eu sinto, é assim que eu quero.

— Isso ninguém pode lhe tirar, você sabe, ele sempre esteve livre, esperando.

— Eu sei, eu sei. É inútil ficar repetindo. Até eu já me disse. Infinitas vezes nesses onze anos. Com remorso, com vergonha. Mas eu sou assim. Malfeita. Azar o meu e de quem surja na minha vida.

— Pára, não diga isso, não diga...

Giovanni levantou-se. Procurou entre os velhos discos de vinil de 33 rotações e colocou, com alguns arranhões, um bolero: "*Começaria tudo outra vez, se preciso fosse, meu amor. A festa continua, nada foi em vão.*"

— Aí está, a canção diz tudo, eu não poderia fazer melhor.

— De verdade, você começaria tudo de novo? Nada foi em vão, nem a dor?

— Especialmente ela. Você continua tão linda.

— Uma linda velha.

— Não para mim, você sabe. Não passa um dia sequer em que eu, olhando a praça, não a reveja com aquele seu vestido azul e o chapéu de palha, chegada sabe-se lá de onde para alegrar a terra. Para mim você nunca envelhecerá.

CORAÇÃO DE PAPEL

— Ah, Giovanni, Giovanni. Você é incorrigível. Adorável e incorrigível! Se eu tivesse me amado apenas um terço de quanto você me amou! Cuidaria mais da minha vida, não teria cometido tantos erros.

— Mas não, talvez fosse justamente esse o meu destino. Amá-la pelos dois, fazer com que entendesse o quanto é preciosa, única, irrepetível. Fazê-la feliz, apesar de tudo. Mesmo contra você mesma. Por alguns anos, acho que consegui. Até quando você me permitiu.

— Você foi grande, um artista. Claro que me fez feliz, muito feliz. E foi uma empresa sobre-humana. Não sei até que ponto você se dá conta. Porque eu sempre tive como que um buraco negro na alma. Uma voragem que engole tudo. Tudo de belo, de bom que a vida me oferecia durante o dia. E era tanto, sempre tanto, eu sou tão mimada. Mas depois a noite levava tudo embora. Como se, dormindo, o meu ser, ou algum animal maligno alojado dentro de mim, destruísse metodicamente tudo que eu construíra durante o dia. Todas as coisas preciosas desapareciam de repente. Todo o amor. Uma tapeçaria de Penépole, perversa, enfeitiçada.

"Assim, eu me encontrava a cada manhã novamente no ponto de partida, sem nada nas mãos. Como uma nova Sísifo, tinha que empurrar minha pedra para o cume do monte. Deus, que horror! Quantas vezes não encontrava forças nem para me levantar. Ficava refugiada embaixo das cobertas, por medo, por desespero. Com a desculpa de uma dor de cabeça ou de cólicas menstruais.

"Você me curou, por mais de dez anos. E merecia uma medalha de valor por cada dia. Depois a besta despertou, mais tenaz que antes, mais faminta. A ponto de fazer-me abandonar até Francesca. Que vergonha, Giovanni. Tenho nojo de mim, e pena, muita.

— Chega, por favor. Agora chega. Essas coisas eu já sei, Francesca já sabe. Nós sempre entendemos você. É inútil ficar se atormentando agora.

A chegada de Laura afastou Giovanni da idéia da morte, então aceita. Por alguns dias ele desejou viver com todas as forças que lhe restavam. Ouvia seus passos, pesados, pelas escadas, de volta das compras. Seus movimentos seguros pela casa, a sua casa, como se nunca tivesse ido embora.

De fato, Laura tomara posse dela sem problemas. Naquele momento, o Rio de Janeiro, o seu trabalho, o novo companheiro não podiam estar mais distantes. Se a doença de Giovanni se prolongasse por muitos meses, ela ficaria com a máxima tranqüilidade.

Não pertencendo a nada nem a ninguém, era um luxo que podia se permitir. Pagava um preço alto, pois nada lhe pertencia e nada era realmente seu. A não ser o amor de Giovanni. Mas isso não lhe trazia nenhuma alegria. Fazia, aliás, com que se sentisse ainda mais culpada.

Giovanni sempre observara maravilhado a intimidade que as mulheres têm com a morte. Conhecem seus ritmos e seus sinais. Alcançam gestos e tempos de uma memória ancestral. Como se, dominando a grande magia do nascimento, tivessem, como contrapeso, penetrado no mistério último da morte. Não racionalmente, mas de forma mais profunda, seguindo o ritmo da terra, a mudança das estações, o movimento das estrelas.

Sacerdotisas de um rito infinito, antiqüíssimo e sempre novo. Desde os tempos em que lhes devolviam os maridos e os filhos sobre seus escudos. Isso lhes dava força e serenidade para lavar os corpos, perfumá-los, vesti-los. Purificar e arrumar a cama e a casa. Preparar o alimento, fazer o café para os parentes e as outras visitas.

Com certeza, Laura também o faria. A sua Laura. Sua? Sim, sua. O único com quem ela fez um filho. Laura se perpetuava em Francesca. Seus cromossomos andavam em direção ao futuro misturados aos dele, indissoluvelmente.

E então Giovanni compreendeu que Laura retornara para cumprir essa tarefa. Não era uma mensageira de vida, mas o presságio, a bandeira da morte. Viera para levá-lo além do extremo limiar. Ele, pequeno pobre homem, com todo o seu conhecimento, com toda a sua filosofia que agora já não lhe serviam de nada. E que se via com as mãos nuas, indefeso, no momento supremo.

Giovanni pensou que era um privilégio morrer assim, lentamente, cercado de amor, entre as suas coisas. Certamente, mas o dilaceramento era, de todo jeito, infinito. Por aquela vida agora perdida, irremediável, por não ter sabido dar-lhe valor. Eis o grande pecado. Não ter feito de cada átimo um momento como aquele.

Recordou a morte do príncipe de Salina, de seu amado *Gattopardo*, um dos livros que relia continuamente e que estava ali há anos, na sua cabeceira. Só que ele não era um príncipe. Não tinha títulos, palácios, tradições. Suas coisas estariam verdadeiramente dispersas. Seus poucos escritos ignorados. A única esperança era conseguir sobreviver no coração de Francesca, talvez ainda um pouco no de Laura. Quem sabe em Guelfo, o último amigo, o aluno predileto, o filho que nunca teve. Bastava? Talvez não, mas não tinha escolha, não havia mais tempo. E então estava bom assim.

Apoiava-se em alguns travesseiros, mas a morte lhe pesava como um capote velho. Francesca estava deitada ao lado dele, quase como se quisesse lhe servir de escudo, confrontar o destino até seus últimos confins. Laura, sentada na beira da cama, tinha a mão dele em seu rosto.

De repente, sentiu frio, um frio que nunca sentira antes. Começava pelas pernas, que pareciam de mármore, e subia. A morte estava entrando nele. Tomava posse de seu corpo, daquilo que restava dele.

Experimentou um terror incontrolável e teve a impressão de que emitira um grito lacerante. Mas só o que saiu foi um longo gemido.

— Papai, o que houve?

— Tenho medo, tenho muito medo e um frio enorme — conseguiu dizer. Francesca despiu-se em um segundo e entrou na cama, abraçando-o forte.

Grudou a sua pele na dele, o mais possível. Manteve-o estreito, ninando-o docemente, murmurando uma cantiga, com a boca apoiada em seu ouvido, com os lábios fechados. Giovanni relaxou e adormeceu.

Quando reabriu os olhos, pela janela entrava a luz de um ocaso tardio, no céu sereno desfazia-se distante uma nuvem rosada. Giovanni fixou o olhar, um olhar límpido, inocente, isento de qualquer culpa, de qualquer dor, de qualquer dívida. O primeiro olhar que um homem pousava na aurora do mundo. Mas não durou mais que um átimo suspenso. A vida, que o abandonava, submergiu-lhe mais uma vez o coração numa onda de imensa doçura. Depois tudo acabou.

EPÍLOGO

Guelfo retornou para casa por volta das nove e encontrou várias mensagens de Francesca na secretária.

A última dizia:

— Liguei à uma, às duas, às três essa noite. Às sete e às oito da manhã. Onde você se enfiou?

Ligou de volta:

— Francesca, sou eu, diga lá. Tudo bem?

— Tudo muito bem. E você, onde se meteu? Estou te procurando que nem uma louca.

— Você não pode imaginar. Estava em sua casa, dormi em sua cama. Me fez um bem enorme. Sem fantasmas e sem medos. Só aquele seu colchão, sempre duro que é uma maldição.

Do outro lado, silêncio. Depois a voz de Francesca se fez mais baixa, quase um sussurro.

— Mas essa é a noite dos milagres! Segure-se bem. Ontem à noite, às sete, soube que estava grávida. Vou reabrir a casa, eu e Pierre vamos nos casar em Santo Spirito. Meu filho tem que crescer em Florença. Está feliz?

Agora foi Guelfo quem ficou um segundo calado. Saíra da casa de Francesca feliz, mas lamentando que tudo aquilo que tinha um significado estivesse abandonado e disperso. Alguém, alguma coisa ouvira suas preces. O círculo se fechava e nada fora em vão. Continuavam.

No filho de Francesca e naqueles que ele também haveria de ter, estariam eles dois, Giovanni, Laura, Lorenzo, algo de Michelangelo e de Dante, dos Medici e dos Lorena. Naquela mensagem de harmonia entre a terra e o céu que era o destino de Florença: os lírios espelhos das estrelas. Um futuro todo a ser escrito. Sobre páginas brancas, precioso papel, que desafiaria os séculos.

Este livro foi composto na tipologia
Schneidler BT, em corpo 11/16 e impresso
em papel off-white 80g/m² no Sistema Cameron
da Divisão Gráfica da Distribuidora Record.

Seja um Leitor Preferencial Record
e receba informações sobre nossos lançamentos.
Escreva para
RP Record
Caixa Postal 23.052
Rio de Janeiro, RJ – CEP 20922-970
dando seu nome e endereço
e tenha acesso a nossas ofertas especiais.

Válido somente no Brasil.

Ou visite a nossa *home page*:
http://www.record.com.br